JN079055

増補改訂版

西郷隆盛漢詩全集

松尾善弘

はしがき

西郷さんの漢詩はわかりにくいという風評がある。しかし西郷さんの名誉のために一言弁明すれば、西郷漢詩が難解であると言うより、それをすんなり読み解けない側にこそ大半の責めがあると言う方が当を得ていると思う。

ひとり西郷さんの漢詩に限らず、現代日本人は日中漢詩人の漢詩をほとんど独力では読めなくなっている。「読めない」ときめつけるといささか語弊があるので、「正確には」という修飾語を冠しておこう。

幼少時から漢字を学習してそこそこの漢字力を身につけた日本人は漢詩漢文すなわち古代漢語を目で追うことによって、そこそこの意味を理解することができる。つまり、日本人は昔から漢字という「表意文字（今では漢字は『表語文字』と呼ぶのが正しい）」を利用して「訓読法」という翻訳術を編み出し、漢詩漢文の意味の大約を「字面（じづら）上」で理解してきた。

ところが、日本人が古代漢語を訓読して読み下し文＝日本古文に翻訳した途端、そこでは日中間に横たわる二千年の歴史と二千キロ以上にわたる時空の隔たり、更には日本語と漢語（中国語）という高い言語の壁をいともやすやすと観念的に乗り超えてしまったことに気が付かないできた。

かくして漢字力の低下に伴い、何よりも漢語（中国語）そのものを習得しない日本人は必然的に漢詩漢文から疎外されたまま読解力のじり貧状態を引き継ぎ現代に至っているのである。

さて、では現代日本人はどうすれば歴代の日中漢詩人の作品を正確に読み解くことができるようになるのだろうか。

それにはまず漢詩創作上の諸規則を明白にし、それを武器に使って一つ一つの作品を攻略し、詩人たちの「詩想」レベルにまで肉迫することであろう。

例えば漢詩作成上の最低基準となる「押韻」一つをとっても、それが漢語原音の「声調」を踏まえて出来ていることを知り、実際音で検証することなしには、真の理解に到達することはできない。漢詩の真髄となる「平仄」もこの「声調」が基準となり、更に多くの作詩規則が作られているのである。

今、「平仄」を始めとする諸規則の解説は、拙著『唐詩鑑賞法』（南日本新聞開発センター二〇〇九年出版）に譲る。西郷さんの漢詩読解に対しては言うに及ばず、従来の日中漢詩全作品の見直しに資すること大なるものがあると自負している。唐詩鑑賞の入門書として一読をお奨めしたい。

西郷さんがどの程度漢語（中国語）に堪能であったか、今では推測の域を出ないが、日常会話のレベルはいざ知らず、漢詩作品を精査するほどにその漢語力の見事さは鮮明になってくる。恐らく西郷さんは漢詩を基本的に漢字音をもとに創作したと思われる。かく言う筆者も先ずは中国語原音読みして後、訓読して読み下し文を添えた。本書の読者諸賢氏が自らの目でその創作過程を確認して頂けるよう、全詩に平仄○●を付し、諸規則の簡単な解説と共に西郷墨書からの誤写・諸伝本の誤植の訂正も含め参考に供した。各詩の通釈にも万全を期したつもりだが、見落としや誤読個所も散在することと思われる。諸賢氏のご指摘を仰ぎたい。

尚、本書作製に当たっては高柳毅館長の許可を得て『西郷隆盛漢詩集』（山田尚二・渡辺正共編　西郷南洲顕彰会発行、平成二〇年）を底本とし、その後の西郷漢詩を補充し解説した。各作品の通し番号は底本による。西郷作を危ぶむ作品には（　）をつけ簡単な理由を付した。

目次

現存する西郷隆盛の漢詩は総数201首ある。
今、それらを初句の平仄型によって分類すると次表のようになる。

詩形		〔平起り平終り型〕A	〔平起り仄終り型〕B	〔仄起り平終り型〕C	〔仄起り仄終り型〕D	小計	総計
五言	絶句	0	6	0	7	13	201
	律詩	1	7	1	5	14	
七言	絶句	78	4	70	8	160	
	律詩	7	0	6	0	13	
古詩	五言	1				1	

〔基本平仄型〕

	五言句	七言句
〔A〕	○○・●●◎	○○・●●・●○◎
〔B〕	○○・○●●	○○・●●・○○●
〔C〕	●●・●○◎	●●・○○・●●◎
〔D〕	●●・○○●	●●・○○・○●●

1 獄中有感

1 朝蒙恩遇夕焚阬
2 人世浮沈似晦明
3 縦不回光葵向日
4 若無開運意推誠
5 洛陽知己皆爲鬼
6 南嶼俘囚獨竊生
7 生死何疑天附與
8 願留魂魄護皇城

獄中感有り（『西郷南洲遺訓』は「獄中所感」）

朝に恩遇を蒙るも夕には焚坑せらる、
人世の浮沈は晦明に似たり。
縦い光を回らさずとも葵は日に向かう、
若し運を開くこと無くも意は誠を推さん。
洛陽の知己は皆鬼と為り、
南嶼の俘囚は独り生を竊む。
生死を何ぞ疑わん天の付与なると、
願わくは魂魄を留めて皇城を護らん。

《詩形・押韻・平仄式・対句の検証》

○七言律詩

○阬〔坑に同じ。丘庚の切〕、明〔眉兵の切〕、誠〔時征の切〕、生〔帰庚の切〕、城〔時征の切〕が下平八庚で押韻。

○初句〔平起こり平終わり型〕　1句3字目、2句1字目ともに仄●を平○に作り救拯（きゅうじょう）していない。4・5句は1・3字目を互いに逆にして救拯。6・7句1字目ともに仄●を平○に作り救拯せず。8句は1・3字目を互いに基本型と逆にして一句内で救拯している。結果的に平○対仄●は32対24で平声字の多い詩となった。

律詩の作詩規則「頷連（がんれん）（3・4句）と頸連（けいれん）（5・6句）は対句（ついく）に作らねばならない」に則り、きれいな対句になっている。すなわち、「対句の三条件」の①平仄上の対は、奇偶数句は「反法」によって作られて

○〔3・4句〕

3縦〔接続助詞〕不〔否定副詞〕回・光〔動詞・目的語〕葵・向・日〔主語・動詞・目的語〕
↔　↔　↔　↔
4若〔〃〕無〔否定動詞〕開・運〔〃・〃〕意・推・誠〔〃・〃・〃〕

○〔5・6句〕

5洛陽・知己〔主語〕皆〔副詞〕爲〔動詞〕鬼〔目的語〕
↔　↔　↔　↔
6南嶼・俘囚〔主語〕獨〔副詞〕竊〔動詞〕生〔目的語〕

いるので自ら明らか。②語義上の対、③語法上の対は右に略説した通り。

《語釈・通釈・補注》

○焚阬＝秦の始皇帝が行なった思想弾圧「焚書坑儒」。紀元前二一二年、始皇帝は宰相李斯の建議により、自分の政治を批判する復古的書物を焼きすてさせ、儒学者数百人を生き埋めにした（『史記』始皇本紀）。ここは藩主久光に遠島処分を受けた非運を擬したもの。○洛陽＝中国の古都（河南省洛陽市）。歴代王朝の首都長安が西にあったのに対し東都という。ここでは京都のこと。○鬼＝死者の霊魂。「鬼籍に入る」とは死ぬこと。○南嶼＝南の小島。ここは沖永良部島。西郷（当時三七才）は文久二年（一八六二）から一年半の間ここに流され「囲い入り」の囚人となった。但し、実際生活は島役人の土持正照の庇護や操坦勁（みさおたんけい）遺族との交際もあり、かなり「自由」であったと思われる。因みに「南洲」＝「南嶼」。

1朝方、主君の恩寵を忝（かたじけ）なくしたと思ったら、夕方にはもう焚書坑儒の憂き目にあってしまい、
2人の世の浮き沈みは恰（あたか）も昼と夜が交代するのに似て変転きわまりない。
3たとえ日光を当てなくとも、ひまわりはおのずと太陽に向かって咲くもの、
4もし不運な目にあおうとも自分は皇国に対する真心を押し通したい。
5京洛の親友たちは皆鬼籍に入ってしまい、
6南の小島にとらわれ人（びと）の自分だけがぬくぬくと生きている。

7人の生死が天命によるものであることは疑いないことだが、
8願わくば死んでも魂をこの世に留めて宮城をお守りしたいものだ。
・文久二、三年（一八六二、三）の作。

2 偶成

1 天歩艱難繋獄身
2 誠心豈莫慙忠臣
3 遥追事蹟高山子
4 自養精神不咎人

偶成（たまたまできた詩）

天歩艱難　獄に繋がるる身、
誠心　豈忠臣に慙ずること莫からんや。
遥に事蹟を高山子に追い、
自ら精神を養いて人を咎めず。

《詩形・押韻・平仄式》

○七言絶句

○身・臣・人が上平一一真の韻。

○初句〔仄—平型〕1句1字目・2句5字目が基本型に違背。且つ2句は下三平の禁忌を犯す。

《語釈・通釈》

○天歩艱難＝時運のめぐり合わせが悪く苦労すること。○事蹟＝物事や事件のあった跡。成しとげた事がら。○高山子＝江戸後期の勤皇志士・高山彦九郎のこと。群馬県出身。林子平・蒲生君平と共に寛政の三奇人（偉人の意）の一人。一七九三年、久留米で自刃した。

1天運つたなく牢獄に繋がれる身となったが、

2わが忠誠心は真の忠臣に及ぶべくもなく恥ずかしくてならない。

3昔の高山彦九郎先生の忠義の事跡をお慕（した）いし、

4自ら精神修養に努め、他人を咎めるようなことはすまい。

・文久二年 or 元治元年（一八六二、一八六四）の作。

3　謫居偶成

1 一片浮雲蔽此身
2 獄中存在性情眞
3 請看追小宮山迹
4 血刀鋒兒自驚倫

謫居偶成（流罪中の作）

一片の浮雲此の身を蔽えども、
獄中に存在す性情の真。
請う看よ　小宮山の迹を追い、
血刀の鋒兒自から倫を驚かすを。

《詩形・押韻・平仄式》

○七言絶句
○身、眞、倫が上平一一真で押韻。
○初句〔仄―平型〕　2・3句は各1・3字目を基本型と逆にして一句内救拯。4句は「反法」に違反した拗体（平仄上ひずんだ）作品である。

《語釈・通釈》

○小宮山＝戦国大名武田勝頼の忠臣・小宮山内膳友信。讒言(ざんげん)により島流しになったが、主君の危急を聞き小舟で島を脱け出して天目山に馳せつけ、勝頼のため奮戦して死んだ。○鋒鋩＝鋭(するど)い刀の切先。○倫＝仲間、ともがら。

１一ひらの暗雲がこの身を蔽いままならぬ境遇だが、

２獄中にあっても忠誠の真心は消え失せることはない。

３どうか看てくれ、戦国武将小宮山の事迹に倣い、

４自分もこの島を脱け出して敵を血祭りにあげ、味方の度肝(どぎも)を抜かせてやるさまを。

・本詩は沖永良部島に幽囚中の西郷が薩英戦争の勃発にあたり（文久三年）、小宮山の顰(ひそみ)に倣(なら)い、脱島して敵艦に切り込む意気込みを表したもの。

4　政照子賣僕以造船而備變感其志賦以贈

政照子僕を売り以て船を造りて変に備う、其の志に感じ、賦して以て贈る

1 精神不滅昔人清

2 專顧君恩壯氣横

3 開眼營船眞意顯（明治八年改作貴）

4 揮涙鬻僕俗縁輕

5 北堂（令慈）貞訓能應奉（羞功業）

6 先祖忠勤當（励）力行

7 畢世勉乎（勉与）酬國事

8 無私純（逸）志挺群英

精神滅せず昔人の清きに、

専ら君恩を顧みて壮気横たわる。

眼を開き船を営りて真意顕われ［貴く］、

涙を揮い僕を鬻ぎて俗縁軽し。

北堂の貞訓能く応に奉ずべく［功業を羞め］、

先祖の忠勤当に力行すべし［力行に励め］。

畢世勉めよや［勉与や］　国事に酬い、

無私純［逸］志　群英に挺でんことを。

《詩形・押韻・平仄式・対句の検証》

○七言律詩

○清、横、輕、行、英が下平八庚で押韻。

○初句〔平―平型〕　2・3・6句第1字目が基本型に違反したまま救拯されていない。5句は1・3字目を互いに逆にして一句内での救拯。7・8句各3字目を互いに逆にして二句にわたる救拯。

○〔3・4句〕　開・眼↑↓揮・洟〔V・O構造〕　營・船↑↓鬻・僕〔同〕　真意・顯↑↓俗縁・輕〔名・形構造〕きれいな対句になっている。

○〔5・6句〕　北堂・貞訓↑↓先祖・忠勤〔名＋名〕　能・応・奉〔助動・再読文字・動〕↑↓当・力行〔再読文字・動〕　当はこの時当で読む。下三字の対はやや齟齬をきたす。改作の方がきれいな対句。

《語釈・通釈》

○政照子＝沖永良部島の島役人、土持政照。流罪直後からなにくれとなく西郷隆盛の面倒をみた。薩英戦争勃発の報を受け脱島して参戦しようとする西郷隆盛を助けて船を造ろうとしたが資金が足りず下僕を売って足しにした。又、母堂に諭(さと)されて船は出来上ったが、戦に間に合わず、結局「報恩丸」と命名して藩に献上したという。土持家の先祖は宮崎延岡の領主。○洟＝はなじる、なみだ。涕洟(ていい)。○鬻(いく)＝ひさぐ、売る。○北堂＝主婦の居室。ここはご母堂・ツル。因(ちな)みに妻マツは大久保利通の異母妹。○畢世＝畢生。○一生を終るまで。○挺（てい）＝抜く、ぬきんでる。

1あなたの真心は昔の人の気高い精神に少しも劣らないもので、

2誠心誠意主恩に報いようとする気概に燃えている。

3広く世の情勢に目を向け、船の造営に打ち込む姿に真情がよく見てとれるし〔貴く〕、

4涙を振り払って下僕を売り資金調達したことは並の俗縁の断ち切り方ではない。

5ご母堂の教えをよく守って〔すばらしい功績をあげることをすすめており〕、

6ご先祖の忠勤ぶりに負けない立派な忠義のはたらきに精出してほしい〔と励ましている〕。

7生涯〔一生懸命〕つとめ励んでもらいたいものだ。国事に尽力し、

8公平無私、純真で遠大な志が多くのすぐれた人たちの誰よりも抜きんでんことを祈る。

・文久三年（一八六三）作。

5　贈政照子

1　平素眼前皆不平
2　情之相適異時情
3　偸安悖義如仇寇
4　禁欲效忠共死生
5　余許君君也許我
6　弟稱兄弟却稱兄
7　從來交誼知何事
8　報国輸身盡至誠

政照子に贈る（『遺訓』は贈上持政照）

平素は眼前皆不平、
情の相適するは時情を異にす。
偸安悖義するものは仇寇の如く、
欲を禁じ忠を效すものは死生を共にす。
余は君に許し君も也我に許せり、
弟は兄と称し弟を却って兄と称す。
從來の交誼は何事なるかを知らん、
国に報いんとて身を輸し至誠を尽くすなり。

《詩形・押韻・平仄式・対句の検証》

○七言律詩

○平、情、生、兄、誠が下平八庚の韻。
○初句〔仄—平型〕　1句1・3字目を互いに逆にして一句内救拯。5字目●を○に作ったため6字目が孤仄の禁を犯している。4句3字目、○を●に作り救拯せず。5句1・5字目で救拯したものの下三仄の禁を犯した。6句1・3字目を互いに逆にして救拯。7句3字目は●を○に作ったまま救拯せず。
○〔3・4句〕偸安・悖義↑↓禁欲・效忠、如・仇寇↑↓共・死生。〔5・6句〕余・許・君↑↓弟・稱・兄〔主語S・述語動詞V・目的語O〕。君・也（副詞）・許・我↑↓弟・却（副）・稱・兄（弟は目的語を前置したもの）。共にきれいな対句になっている。

《語釈・通釈》

○偸安・悖義＝一時の安楽を求めること。道義にもとること。○效＝効。いたす。つとめる。○6句＝年令差にこだわらない義兄弟の契りを結んだこと。○輸＝はこぶ。ささげる。

1ふだん目にふれるものごとには気に入らないことどもが多いのだが、
2あなたとの心の通い合いは並の情愛とはまるで違っていた。
3安楽を貪り道義に外れた行いをする者は仇敵のように忌み嫌い、
4私利私欲を抑え真心を尽くす人とは生涯生死を共にしたいもの。
5私はあなたに真底心を許し、あなたも私に真底心を許してきた、

6年下の私があなたを兄と呼べば、年上のあなたも私を兄と呼んだ。
7これまでの厚い交友は一体なにごとだったのかと言えば、
8国に報い人のため身を挺して至誠至忠を尽くすことだったのだ。
・文久三年（一八六三）の作。

6 偶成

1 誓入長城不顧身
2 唯愁皇国說和親
3 譬投首作眞卿血
4 自是多年駭賊人

偶成（たまたま作った詩）

誓って長城に入り身を顧みず、
唯皇国を愁えて和親を説く。
譬え首を投げて真卿の血と作るとも、
是より多年賊人を駭かさん。

《詩形・押韻・平仄式》

○七言絶句

○身、親、人が上平十一真の韻。

○初句〔仄―平型〕　2句3字目●を○に、3句1字目○を●に作り救拯せず。全詩の平仄数は14対14。

《語釈・通釈》

○誓＝宣誓する。必ず。戒しめる。○長城＝長州城。西郷はこの時（三十八歳）征長総督・徳川慶勝の参謀として和親工作のため長州に遣わされた。○眞卿＝唐代の政治家・書家の顔眞卿（七〇九―七八四）。玄宗・粛宗・代宗・徳宗の四代に仕えて重用された。安禄山の乱で功を挙げたが、のち李希烈に縊殺された。書家・顔魯公としても有名。

1必ず和親工作を成功させようとわが身の危険も顧みず長州城へ入ったが、

2ただ皇国のためを思えばこそ長州との平和交渉をするのだ。

3たとえ李希烈にだまされ縊り殺された顔眞卿のように首を切られ血を流すことになろうとも、

4向後いつまでも国賊どもの心胆を寒からしめてやろうと思う。

・元治元年（一八六四）の作。

7　慶應丙寅十月上京船中作

1 連歳投危十月天
2 黒烟南北飛火船
3 朝威不奮縦奸計
4 身作丹楓散帝邊

慶應丙寅（ひのえとら）十月、京に上る船中での作

連歳危きに投ず十月の天、
黒烟南北に火船飛ぶ。
朝威奮わず奸計を縦すも、
身を丹楓と作して帝辺に散らん。

《詩形・押韻・平仄式》

○七言絶句
○天、船、邊が下平一先の韻。
○初句〔仄─平型〕　1句1字目●を○にして救拯せず。2句1・3字目互いに逆にして救拯。6字目○を●に作り「二六不対」となる大禁を犯した。「火船」は仮に「藩船」とすれば「二六対」になるが、今度は「下三平」の大禁を犯すことになる。4句1字目も逆に作り救拯せず。

《語釈・通釈》

○危＝危急存亡の地京都をいう。○火船＝火輪船。蒸気船。軍艦。○奸計＝よこしまな策謀。○丹楓＝丹（赤）は天子や王宮を象徴する。丹闕（けつ）。丹陛（へい）。

1晩秋十月、ここ数年騒乱うちつづく京へ向かった、

2黒煙を南北になびかせて藩船三邦丸はひた走る。

3今、朝廷のご威光はふるわず、幕府の勝手な悪だくみを許しているが、

4わが身は真赤な楓葉となり、天子のお側で全力を尽してのち散り行きたいものだ。

・慶応二年十月十五日、藩船三邦丸で上京した折の作。

8 酷暑有感

酷暑に感有り

苛雲洛地蒸
酷吏益威加
夕殿憂蚊蚋
炎郊苦蝮蛇
鋭刀頻按欛
壮士直忘家
天定人離日
西風忽掃邪

苛雲洛地を蒸し、
酷吏 益 威を加う。
夕殿にては蚊蚋を憂え、
炎郊にては蝮蛇に苦しむ。
鋭刀頻りに欛を按じ、
壮士直ちに家を忘る。
天定まり人離るる日、
西風忽ち邪を掃わん。

《詩形・押韻・平仄式・対句の検証》

○五言律詩

○加、蛇、家、邪が下平六麻の韻。
○初句〔平─仄型〕　5・7句1字目は平仄を基本型と逆にしたまま救拯していない。但し、全詩の平
○対仄●は20対20に戻っている。
○〔3・4句〕夕殿←→炎郊。憂・蚊蚋←→苦・蝮蛇。　〔5・6句〕銳刀←→壮士。頻（副）・按（動）・
欛（名）←→直・忘・家。規則通りのきれいな対句になっている。

《語釈・通釈》

○苛雲＝きびしい夏雲。『遺訓』は「奇雲」。○洛地＝京都。○酷吏＝無慈悲できびしい官吏、転じて大暑、酷暑のこと。○威加＝押韻のため転倒させた。○夕殿＝夕方の宮殿。○欛＝刀のつか。○按＝手でおさえる。按剣。

1暑さ厳しい夏雲が京の都を蒸しあげて、
2酷暑の猛威がますます加わってきた。
3夕方になると天子の宮殿では蚊やぶよがぶんぶんうるさく飛び回り、
4焼けつくような郊外では蛇や蝮（まむし）に悩まされる危険な情勢が続く。
5つわもの共はしきりに大刀の柄に手をかけて今にも抜かんばかり、
6血気にはやってすぐ家郷のことなど忘れてしまう。

7だがやがて天下が安定に向かい、人心が（幕府の政権から）離れる日、
8西風（薩長の軍勢）がたちまちのうちに世の邪悪を掃き清めることになるであろう。
・慶応二年（一八六六）夏、四十歳の作。

9　庚午元旦

庚午（かのえうま）元旦

1 破曉鐘聲歲月更
2 輕烟帶暖到柴荊
3 佳辰先祝君公壽
4 起整朝衣拜鶴城

暁を破る鐘声に歳月更まり、
軽烟暖を帯びて柴荊に到る。
佳辰に先ずは祝す君公の寿、
起って朝衣を整え鶴城を拝す。

《詩形・押韻・平仄式》

○七言絶句

○更、荊、城が下平八庚の韻。
○初句〔仄―平型〕　3句3字目のみが基本平仄式に違背した「一瑕疵完整美（一ヶ所のみわざと外して逆に平仄式の完全さをきわだたせた）」作品。

《語釈・通釈》

○鐘聲＝除夜の鐘。○輕烟＝烟は煙の異体字。うすけむり、もや、かすみ。○柴荊＝しばの戸。粗末な家。○佳辰＝めでたい朝。○君公＝殿様。ここは島津忠義をさす。○朝衣＝朝廷で着用する正式の礼服。この時、西郷は藩の参政。○鶴城＝鶴丸城。（城は明治六年の放火と十年の西南戦争で全焼したという。）

1暁(あかつき)のしじまを破って鳴り渡る鐘の音と共に新年が始まり、
2ほのぼのと暖かみを帯びた薄もやがいぶせきわが家にも漂ってきた。
3このめでたい元旦の朝、先ずは殿様の長寿を祝おうと、
4礼服に身を整え起立して鶴丸城を礼拝した。

・明治三年（一八七〇）四十四歳の作。

10 失題

失題（無題と同じ）

1 赤子慕心何處伸
2 青雲遼隔不容親
3 一貧一富泡夢
4 昨日恩情今路人

赤子の慕心何れの処にか伸びん、
青雲遼かに隔てて親を容れず。
一貧一富泡夢の如く、
昨日の恩情今の路人。

《詩形・押韻・平仄式》

○七言絶句

○伸、親、人が上平一一真の韻。

○初句〔仄—平型〕　1句3・5字目を互いに逆にして一句内での救拯。但し、6字目が孤仄となった。3句1字目と4句5字目を互いに逆にして二句での救拯。但し6字目が軽い孤仄の禁を犯している。

《語釈・通釈》

○赤子＝①あかご、あかんぼう。②セキシ、天子に治められる臣民。○慕心＝慕情、慕わしく思う気持。

○青雲＝青空。ここでは高位高官。〔青雲の志〕立身出世しようとする志。○親＝六親（父子兄弟夫婦）、親族。○路人＝①みちを往来する人。②自分と関係のない人。行路人。

1赤ん坊が母親を慕う心情はいったいどこへと伸びて行くのであろう、

2高位高官ともなるとその距離は遠く隔てられて肉親の情を通わす方法もなくなってしまう。

3人間、貧しくなったり金持ちになったりするのはうたかたの夢のようなもので、

4昨日感じた恩愛の情は今日はもう忘れ去られて路傍の人同然となってしまうのだ。

・明治五年（一八七二）作か。

11　蒙使於朝鮮国之命

朝鮮国に使するの命を蒙る（『遺訓』は「蒙朝鮮国之使命／朝鮮国の使命を蒙る」）

1 酷吏去來秋氣清
2 鷄林城畔逐涼行
3 須比蘇武歳寒操
4 應擬眞卿身後名
5 欲告不言遺子訓
6 雖離難忘舊朋盟
7 胡天紅葉凋零日
8 遙拜雲房霜劍横

酷吏去来して秋気清く、
鶏林城畔を涼を逐って行かん。
須らく比すべし蘇武歳寒の操、
応に擬すべし真卿身後の名。
告げんと欲して言わず遺子への訓、
離ると雖も忘れ難し旧朋との盟。
胡天の紅葉凋零の日、
遙かに雲房を拝して霜剣を横たえん。

《詩形・押韻・平仄式・対句の検証》

○七言律詩

○清、行、名、盟、横が下平八庚の韻。
○初句〔仄—平型〕　1句3・5字目を互いに逆にして救拯。但し、6字目が孤仄の禁を犯す。2句3字目を逆に作り救拯せず。3句2字目「比」は通常仄声（補履切紙韻●）だが、平声（頻脂切支韻○）もある。3・5字目は互いに逆にして救拯。但し、6字目が孤平の禁を犯してしまった。4句1字目「応」には陰平声○と去声●の読みがあり、ここは後者。5字目を平○にしたため6字目が孤仄になった。5・7句の3字目は逆にしたまま救拯せず。8句1・5字目は仄●を平○に作ったため6字目が軽い孤仄の禁を犯した。全詩の平○対仄●は32対24。平仄上はかなり乱れているが、高く明るい語調の平声字の多用はむしろ気持ちの高ぶりを示していると言えよう。
○〔3・4句〕　須↔応。比↔擬。蘇武↔眞卿。歳寒・操↔身後・名。　〔5・6句〕欲↔雖。告↔離。不・言↔難・忘。遺子・訓↔舊朋・盟。

《語釈・通釈》

○鷄林＝もと新羅（しらぎ）の別称、のち朝鮮全体の称。○城畔＝京城ソウルのほとり。○蘇武＝漢の武帝の臣。匈奴に使いし穴蔵に幽閉されて十九年、酷寒・飢餓の苦難に耐えて節を守り、次代の昭帝が和睦するに及んで生還するを得た。○胡天＝胡国、胡地。「胡（えびす）」は中国では主として匈奴を指す。ここでは朝鮮国。○雲房＝雲のたちこめる高い家。もと道士や僧の居室のことだが、ここでは宮城・皇居を指す。○霜劍

＝するどい剣。霜刃、霜刀、利剣。「霜剣横」は押韻と平仄の関係で「横霜剣」を転倒させたもの。従って「霜剣横たわる」ではなく「霜剣を横たう」と訓むべきである。当時、日朝間は頗る険悪な紛争状態下にあり、一介の使節が収拾案を云々できる余地などなかったと言える。だが西郷は征韓をはやる板垣らを制し、先ず自分が彼の地へ赴き和平談合を進めたい。蘇武や真卿の二の舞となることは目に見えているが、逆にそのことを大義名分にして征韓戦を始めて貰いたいと言い含めてあった。和議交渉が不首尾に終わった暁には、たとえ朝鮮側に殺されなくとも、自分は責を負って、宮城を遙拝しつつ「霜刃を膝前に横たえ」自決する覚悟であると予言したものである。西郷のデス・デザイア（死願望）が見え隠れしている一首と言えよう。

1猛暑が去ったりぶり返したりするうち、清々しい秋の気配が漂う今日此頃、
2こういう時節に私は朝鮮国へ行き都城郊外を涼を求めて歩きたいと思う。
3私の忠誠心はぜひ酷寒に耐えて使命を守り通した蘇武の節操と比べてもらいたいし、
4また、謀殺された後、誉（ほまれ）を得た顔真卿のように、私も後世に忠義の臣として名を残したいものだ。
5残される子供に一言教訓を告げようと思ったがやめておく、
6たとえ別れ別れになるとしても旧友との盟約は忘れるものではない。
7朝鮮の山々の紅葉がしぼみ落ちる頃、

8和平談合は破局を迎えるであろうが、私は宮城を遙拝しつつ静かに利剣を前に置こうと思う。
・明治六年（一八七三）八月、四十七歳、遺韓大使の内命を受け出発を待っていた時の作。

12 辭闕

闕を辞す（『遺訓』は「辞職有作／職を辞して作る有り」）

1 獨不適時情　独り時情に適せず、
2 豈聽歡笑聲　豈に歓笑の声を聴かんや。
3 雪羞論戰略　羞を雪がんと戦略を論ずるに、
4 忘義唱和平　義を忘れて和平を唱う。
5 秦檜多遺類　秦檜には遺類多く、
6 武公難再生　武公は再生し難し。
7 正邪今那定　正邪は今那ぞ定まらん、
8 後世必知清　後世必ず清を知らん。

《詩形・押韻・平仄式・対句の検証》

○五言律詩

○情、聲、平、生、清が下平八庚の韻。

○初句〔仄―平型〕　２句１・３字を逆にして救拯。但し、４字目孤仄となる。３句１字目は逆に作ったまま救拯せず。５・６句１字目を逆にして二句にわたる救拯。従って本詩も３句１字目のみが基本平仄式に違背した「一瑕疵完整美」作品である。

○〔３・４句〕　雪・羞↑↓忘・義。論・戰略↑↓唱・和平。　〔５・６句〕秦檜↑↓武公。多・遺類↑↓難・再生。創作規則通りの完璧な対句。

《語釈・通釈》

○秦檜・武公＝北方種族・女真（金）の侵攻を受けて北宋が亡び、高宗は南渡して南京で即位、南宋を再興した（一一二七年）。時の宰相・秦檜は金との和議を提唱、抗戦派の岳飛（諡（おくりな）・武穆（ぶぼく））を初め忠臣良将を尽く誅した。秦檜の讒（ざん）言により獄死した岳飛は（享年三十九才）のち鄂（がく）王（楚、今の湖北省）に追封された。現在、西湖畔にある岳飛廟には肖像画と共に「忠義常昭」「活気長存」「壮懐激烈」「還我河山」など多くの金箔の大扁額が掲げられ、生前の故事を壁画にして追慕されている。「宋岳鄂王墓」の墓前には後ろ手に縛られた秦檜・妻の王夫人・臣下の万俟高（あいこう）・張俊の銅像が跪（ひざまず）かされている。但し、近年、それらへつばを吐きかけるなどのあまりにも侮蔑的行為は少数民族否定に繋がる懸念ありとして禁止されている。史実と照らし合わせて物事を相対的に客観的に眺める必要があるということだろう。

1私は最近、廟堂諸公の見解とそりが合わず意を得ないことが多い、
2もうこれ以上彼らの軽佻浮薄（けいちょうふはく）な談笑の声を聞こうとは思わない。
3私は国が蒙った恥辱を雪ごうと戦略を論じているのに、
4反対派は道義を忘れて徒（いたず）らに平和を唱道する。
5宋の売国奴・秦檜には盲従する多くの配下がいたとか、
6秦檜に謀殺された岳飛のような真の愛国忠義の将軍は二度と世に出ることはあるまい。
7どちらが正義の道でどちらが邪道であるか今すぐには判断できないであろう、
8だが、きっと後世の人々がどちらが正論であったかをはっきりさせてくれるに違いない。

・明治六年（一八七三）十一月、遣韓使節決定を反古（ほご）にされた西郷が近衛都督・陸軍大将の要職を抛（なげう）って帰鹿した際の作。

13 偶成

偶成

1 幽栖却似客天涯
2 縁底夜來令我思
3 誰識愁情尤切處
4 膝前遊戲夢嬰兒

幽栖は却って天涯に客たるに似たり、
底に縁ってか夜来我をして思わしむる。
誰か識らん愁情尤も切なる処、
膝前に遊戯する嬰児を夢にみるときを。

《詩形・押韻・平仄式》

○七言絶句
○涯（上平九佳）、思、兒（上平四支）の通押。
○初句〔平―平型〕　2・4句1・3字目を互いに逆にして救拯。3句1字目のみが瑕疵となった作品。

《語釈・通釈》

○幽栖＝幽囚（囚われ人）として隠栖（俗世間をのがれて静かに暮らす）する意。○客＝旅人。○縁底＝縁何。何故、何に依って。〇令＝令AB、AヲシテBセシムと訓読し使役の兼語文を作る。〇嬰兒＝みどりご、乳飲み子。当時、海を隔てた奄美大島には幼い菊次郎と菊草がいた。〇4句は、「夢嬰兒遊戯（於）膝前」が本来の文構造である。

1狭い牢内に棲む身はむしろ天涯孤独の旅人のような感じがして、
2どういうわけか夜になると物がなしい思いに耽らせる。
3一体誰が知るであろうか、哀愁の情のもっとも窮まるのは、
4膝元で遊び戯れる幼な子を夢にみるときのことであることを。

・文久二年（一八六二）六月、三十六歳、徳之島に流罪となった時の作。

14 偶成

偶成（ぐうせい）

1 雨帯斜風叩敗紗
2 子規啼血訴冤譁
3 今宵吟誦離騒賦
4 南竄愁懐百倍加

雨（あめ）は斜風（しゃふう）を帯（お）びて敗紗（はいしゃ）を叩（たた）き、
子規（しき）は啼血（ていけつ）して冤（えん）を訴（うった）えて譁（かまびす）し。
今宵（こよい）離騒（りそう）の賦（ふ）を吟誦（ぎんしょう）すれば、
南竄（なんざん）の愁懐（しゅうかい）百倍（ひゃくばい）加（くわ）わる。

《詩形・押韻・平仄式》

○七言絶句
○紗、譁、加が下平六麻の韻。
○初句〔仄―平型〕　2句1・3字目を逆に作って一句内救拯。3句3字目、4句1字目は基本型と逆に作ったまま救拯せず。

《語釈・通釈・補注》

○敗紗＝破れた布製の日よけ。1句はもと「斜風帯雨」とあるべきを平仄の都合上転倒させた。○子規

＝ほととぎす。○啼血＝嘴の口腔が赤く、又、その声が血を吐くように聞こえるところから「鳴いて血を吐くほととぎす」の俗言がある。○冤＝冤罪、無実の罪。○譁＝やかましい。○吟誦＝吟唱。詩を声を出し節をつけてうたうこと。○離騒賦＝離は罹（かか）る、騒は憂、うれいにかかる意。賦は韻文文体の一様式。屈原（くつげん）作。○南竄＝罪人として南島に放逐されること。○愁懐＝憂懐。うれえ悲しむ気持。

1横風に吹き伴われた雨が破れた日よけを叩いており、
2ほととぎすが冤罪を訴えて血を吐くように鳴いている。
3夜になって屈原の離騒の賦を吟詠していると、
4南の小島に流刑中の身の上なれば、憂愁の情はいやが上にも募るばかりである。

◎屈原は戦国時代（前三〇〇ごろ）、楚の人。楚の懐王に仕えた賢臣。同僚の大夫に讒言（ざんげん）され、離騒の賦を作って王に冤罪を訴えた。次代の襄王も讒言を信じて屈原を長沙に流した。屈原は漁父の辞（ぎょほじ）諸篇を作って忠誠心を表明し、五月五日、石を抱き汨羅（べきら）の渕に身を投じた。

西郷の漢詩にはこのように冤罪により横死した中国の偉人達を素材にしたものが多い。時と処こそ違え、これらはそのまま西郷の「横死」と重なるものがあるわけだが、彼がどれほどの共感、どれほどの心痛を覚えながらこの種の漢詩作りにいそしんだか、思えば酸鼻のきわみである。

・文久三年（一八六四）三十七歳の作。

15 失題

失題（しつだい）

1 皎皎金輪照獄中
2 蓬頭亂髪仰晴空
3 相思千里開清鏡
4 兄弟西南此夕同

皎皎たる金輪獄中を照らし、
蓬頭乱髪もて晴空を仰ぐ。
千里を相思い清鏡を開けば、
兄弟西南にありて此の夕を同じくせん。

《詩形・押韻・平仄式》

○七言絶句
○中、空、同が上平一東の韻。
○初句〔仄—平型〕　3句3字目、4句1字目を基本型と逆に作ったまま救拯せず。

《語釈・通釈》

○皎皎＝まっ白いさま。○金輪＝満月のたとえ。○清鏡＝清らかにすんだ鏡。手鏡の類か。

1まっ白に輝く満月の光が牢の中をも明るく照らし、
2蓬のように乱れた髪の頭をあげて晴れ渡った大空を眺める。
3千里の彼方を思いやっては手鏡を開いて覗きこむ、
4西に南に離れ離れの境涯だが、この夕、幽囚の悲哀を共にかみしめている我等義兄弟なのだ。

・3句の「開清鏡」は判然としないが、己の「蓬頭垢面（乱れた頭とあかじみた顔）」をしげしげとみつめるという構図で解しておく。21「失題」6句目に「鬢影」（鏡に写したびんずら）とある。

・西郷に連座して喜界島に流された村田新八を思って詠んだものだろう。文久三年、秋の作。

16 冬夜讀書

冬夜の読書

1 風鋒推戸凍身酸
2 兀坐披書雪裡看
3 蘇武穽中甘苦處
4 慨然讀了寸心寒

風鋒戸を推して凍身酸たり、
兀坐し書を披いて雪裡に看る。
蘇武穽中にて苦を甘しとせし処、
慨然として読み了れば寸心寒し。

《詩形・押韻・平仄式》

○七言絶句

○酸、看、寒が上平一四寒の韻。

○初句〔平―平型〕　1句1・3字目を互いに逆にして救拯。「風鋒」は本来「鋒風」とすべきだが、風(方馮切○)には風(方鳳切●)もあるので「一・三・五不論」の規則を利用して転倒させ救拯の手を講じたものと思われる。3句1・3字目を逆にして一句内救拯。従って本詩も「一瑕疵完整美」作品。

《語釈・通釈》

○風鋒＝鋒風。矛先(ほこ)のように鋭い風。○酸＝つらい、苦しい。○兀坐＝姿勢を正して座る。○穽＝おとし穴。ここは「窖(こう)(あなぐら)」のこと。○慨然＝胸がつまってなげくさま。○寸心＝一寸四方の心。

1鋭い矛先のような寒風があばら家の板戸を推して吹き込み、凍えた身体を痛めつける、

2身じろぎもせず正座して書を開き雪降る中で読み進める。

3蘇武が囚(とら)われの穴蔵の中で艱難辛苦に耐えたくだり、

4胸をつまらせつつ読み終えると心底冷えきってしまうのだ。

・『西郷隆盛全集』(以下『全』)第五巻では「寒夜読書」。沖永良部幽囚中の文久二、三年の冬或いは後年の作かとする。

17 除夜

除夜

1 吾年垂四十
2 南嶼釘門中
3 夜坐嚴寒苦
4 星回歳律窮
5 青松埋暴雪
6 清竹偃狂風
7 明日迎東帝
8 唯應獻至公

吾が年は四十に垂とす、
南嶼の釘門の中にあり。
夜坐すれば厳寒苦だしく、
星は回りて歳律窮まれり。
青松は暴雪に埋もれ、
清竹は狂風に偃す。
明日東帝を迎え、
唯応に至公を献ずべし。

《詩形・押韻・平仄式・対句の検証》

○五言律詩

○中、窮、風、公が上平一東の韻。

○初句〔平─仄型〕　2・6・7句1字目を逆にして救拯せず。
○〔3・4句〕（我）夜・坐↑↓星・回。嚴寒・苦↑↓歳律・窮。〔5・6句〕靑松↑↓淸竹。埋↑↓偃。暴雪↑↓狂風。平仄、語法、語義ともきれいな対になっている。

《語釈・通釈》

○垂＝もう少しで〜になろうとする。○南嶼＝南の小島。南洲も同じ。○歳律＝歳暦、一年のめぐり。○5・6句は比喩表現とも考えられる。○東帝＝春の神、新年のこと。東皇、東君とも。○至公＝至誠奉公。まごころこめて奉公する。

1私はそろそろ四十歳になろうとしているが、
2南の小島の釘づけされた牢屋の中にいる。
3夜、獄中に座っていると厳しい寒さが身にしみる。
4星はめぐり移って年の瀬も押し詰まった。
5青々とした松は豪雪に埋まり、
6清らかな竹は荒れ狂う風に倒されてしまった。
7明朝は春の神を迎え、
8捧げるもののない身とてただひたすら至誠奉公の真心だけをお供え申しあげよう。

・文久三年除夜の作。

18　甲子元旦

甲子（きのえね）元旦

謫居迎歳處
誰復勸杯觴
切切懐同友
悠悠望故郷
輕風停宿雪
薄靄隱初陽
可恤三春苦
皚鬚寫斷腸

謫居して歳を迎うる処、
誰か復た杯觴を勧めんや。
切切に同友を懐い、
悠悠と故郷を望む。
軽風は宿雪を停め、
薄靄は初陽を隠す。
恤むべし三春の苦、
皚鬚は断腸を写したり。

《詩形・押韻・平仄式・対句の検証》

○五言律詩

○觴、郷、陽、腸が下平七陽の韻。

○初句〔平―仄型〕　１・２句１字目を基本型と逆に作って二句にわたる救拯。本詩は平仄上、基本型に則った完璧な作品である。

○〔３・４句〕　切切↑↓悠悠。懐・同友↑↓望・故郷。　〔５・６句〕輕風↑↓薄靄（主語）。停↑↓隱（述語動詞）。宿雪↑↓初陽（目的語）。

《語釈・通釈》

○謫居＝罪せられて遠方に流されていること。また、その住まい。○杯觴＝ともにさかずき。○宿雪＝残雪、根雪。○薄靄＝低くたなびく霧・煙・もや。○恤＝ジュツ。うれえる。○三春＝三度の春、三年間。○皚鬚＝白いあごひげ。○斷腸＝腹わたがちぎれるほどの悲しみ。

１島流しの刑にあったわび住まいの中で新年を迎えたが、

２このようななかだから屠蘇の盃を勧める者などいるはずもない。

３ただしみじみと志を同じくする友人をなつかしみ、

４ゆったりと遠く離れた故郷の空を眺めやる。

5軽やかな春風は根雪を吹き残し、
6たちこめた薄もやが初日の出を隠している。
7ああいたましや、この三年の苦労の数々、
8白くなったあごひげが断腸の思いをそのまま写し出しているわけだ。
・元治元年（一八六四）三十八歳時の作。

19　失題

失題

1 梅天愁態似招嘲
2 此夜庖中乏酒肴
3 忽雨忽晴霖雨盡
4 應期明日歩秦郊

梅天の愁態は嘲りを招くに似たり、
此の夜庖中に酒肴乏し。
忽ち雨ふり忽ち晴れて霖雨尽く、
応に期すべし明日秦郊を歩むを。

《詩形・押韻・平仄式》

○七言絶句

○嘲、肴、郊が下平三肴の韻。

○初句〔平―平型〕　3・4句の3字目を互いに基本型と逆にして二句にわたる救拯。1句3字目のみが基本型に違背した「一瑕疵完整美」作品。

《語釈・通釈》

○梅天＝梅雨空。○庖中＝台所。○酒肴＝酒と酒菜(さかな)。○霖雨＝ながあめ。○秦郊＝秦都咸陽(かんよう)の郊外。ここは京都郊外を指す。

1このつゆ空の鬱陶しさはまるで天にからかわれているかのようであり、

2あいにく今夜は台所にうさ晴らし用の酒もさかなも残っていない。

3だが、にわかに降り出したかと思うとたちまち晴れあがる長雨もようやく終ったようで、

4明日はきっと京都郊外の散歩を期待してよかろう。

・慶応三年（一八六七）四十一歳時の作。

20　寒夜獨酌

寒夜独酌（かんやどくしゃく）

1　深更風急漏聲哀
2　孤客心腸奈死灰
3　塵世難逢開口笑
4　抛書癡坐且銜杯

深更（しんこう）　風急（かぜきゅう）に漏声哀（ろうせいかな）し、
孤客（こかく）の心腸死灰（しんちょうしかい）を奈（いかん）せん。
塵世口（じんせいくち）を開（ひら）いて笑（わら）うに逢（あ）うこと難（かた）し、
書（しょ）を抛（なげう）ち痴坐（ちざ）して且（しばら）く杯（はい）を銜（ふく）む。

《詩形・押韻・平仄式》

○七言絶句
○哀、灰、杯が上平一〇灰の韻。
○初句〔平―平型〕　2・3句の1字目、4句の3字目●を○に作って救拯せず。○17対●11

《語釈・通釈》

○深更＝夜ふけ、真夜中。○漏聲＝水時計の水の落ちる音。ここは雨漏（あまも）りの音か。○孤客＝一人ぼっちの旅人。〇奈＝奈何、如何。〇死灰＝火の消えた残り灰。生気のないたとえ。〇塵世＝俗世間。〇癡坐＝ボケーと座る。〇且＝ショ。とりあえず。〇銜＝カン。口にふくむ。

1夜更けに急に風が出てきて雨漏りの音もひときわもの悲しく聞こえ、

2一人ぼっちの旅人同然の私は心が冷え込んでしまうのをどうしようもない。

3この俗世間にあっては大口をあけて笑うことなどめったにあるものではなく、

4読みかけの本を放り投げ、木偶（でく）のように座ってとりあえず手酌で何杯か酒を飲んだ。

21 失題

失題(しつだい)

1 雁過南窓晩
2 䰟銷蟋蟀吟
3 在獄知天意
4 居官失道心
5 秋聲隨雨到
6 鬢影與霜侵
7 獨會平生事
8 蕭然酒數斟

雁(かり)の南窓(なんそう)を過(よぎ)る晩(くれ)、
魂銷(たまげ)たり蟋蟀(しっしゅつ)の吟(ぎん)。
獄(ごく)に在(あ)っては天意(てんい)を知(し)り、
官(かん)に居(い)ては道心(どうしん)を失(うしな)う。
秋声(しゅうせい)　雨(あめ)に随(したが)いて到(いた)り、
鬢影(びんえい)　霜(しも)と与(とも)に侵(おか)す。
独(ひと)り平生(へいぜい)の事(こと)と会(さと)り、
蕭然(しょうぜん)として酒(さけ)を 数(しばしば) 斟(く)む。

《詩形・押韻・平仄式・対句の検証》

○五言律詩

○吟、心、侵、斟が下平一二侵の韻。

○初句〔仄―仄型〕　3句は「失粘（しってん）」（2句と3句の平仄は「粘法（ねんぽう）」に従うに違反）している。従って3・4句は「拗体（おうたい）（平仄上ひずんだ形）」になっているが、4句末「心」の押韻を優先させ敢てこのままの形で据え置いたのであろう。

○〔3・4句〕　本来3句は〔平―仄型〕、4句は〔仄―平型〕であるべきであった。在・獄↑↓居・官。知・天意↑↓失・道心。〔5・6句〕5句も本来〔仄―仄型〕、6句は〔平―平型〕に作るべきであった。ともあれ語義・語法上は秋聲↑↓鬢影、隨・雨・到↑↓與・霜・侵ときれいな対句になっている。7句は〔平―仄型〕、8句は〔仄―平型〕が基本平仄式。平仄上は失敗作である。

《語釈・通釈》

○寬銷＝魂消（たまげ）る。びっくりする。○蟋蟀＝こおろぎ。○吟＝鳴き声。○天意＝天の心。○道心＝物事の是非を判断して正義につく心。○會＝思いあたる。理解する。○蕭然＝ものさびしいさま。○數＝しきりに。

1南側の窓から見上げる空を雁が渡って行く夕暮れ、

2窓の下では早くもこおろぎが声高に鳴いているのにおどろいた。
3獄中にある時は天の心をわが心にしたと思ったが、
4官吏になると是非の判断力や正義心を失ってしまうようだ。
5秋の気配は一雨ごとに深まり、
6鏡に映る鬢の毛は霜と共に白さを増した。
7それもこれも日常茶飯事の一コマさと一人心にきめて、
8しょんぼりと酒杯を重ねるのであった。
・明治六年（一八七三）四十九歳。下野後の七年秋の作か。

22 偶成

偶成（ぐうせい）

1 我家松籟洗塵縁
2 満耳清風身欲僊
3 謬作京華名利客
4 斯聲不聞已三年

我（わ）が家（や）の松籟塵縁（しょうらいじんえん）を洗（あら）い、
満耳（まんじ）の清風（せいふう）　身（み）は僊（せん）ならんと欲（ほっ）す。
謬（あやま）って京華（けいか）に名利（みょうり）の客（かく）と作（な）り、
斯（こ）の声（こえ）聞（き）かざること已（すで）に三年（さんねん）。

《詩形・押韻・平仄式》

○七言絶句
○縁、僊、年が下平一先の韻。
○初句〔平―平型〕　1句1・3字目を逆に作って一句内救拯。2句5字目のみ一瑕疵。6字目孤仄。

《語釈・通釈》

○松籟＝松風、籟はひびき。○塵縁＝俗世間の煩（わずら）わしい人間関係。○僊＝仙、仙人。○謬＝あやまる、あざむく。〇京華＝花のみやこ。京都。〇名利＝名誉と利益。
1我が家の周りで鳴る松風の音を聞いていると、煩わしい憂き世の俗縁が洗い流されるような気がする、
2清々しい風が耳いっぱいに吹き入ってまるで我が身は仙人になったような錯覚に陥った。
3思えば、間違って京に出て、名誉や利益のみを追い求める旅人となり、
4この松籟を聞かなくなってすでに三年が過ぎていたのだ。
・明治六年、下野直後の作か。

23 投村家喜而賦

村家に投じ喜びて賦す

1 山叟元難滞帝京
2 絃聲車響夢魂驚
3 積塵幾寸衣裳重
4 邨舎暫忻身世輕

山叟元より帝京に滞り難く、
絃声車響に夢魂驚く。
積塵幾寸か衣裳に重く、
邨舎にて暫く忻ぶ身世の軽きを。

《詩形・押韻・平仄式》

○七言絶句
○京、驚、輕が下平八庚の韻。
○初句〔仄―平型〕　1句1字目、2句3字目、●を○に作って救拯せず。3・4句1字目を逆にして二句にわたる救拯。4句3・5字目を逆にして一句内救拯。但し、6字目は孤仄の禁を犯す。

《語釈・通釈》

○投＝宿に泊まる。投宿。○山叟＝山だしおやじ。○滞＝とどこおる。留まる。○帝京＝天子のいる都、帝都。○絃聲＝弦楽器と絃歌。○車響＝車馬の往来する音。○夢寬＝ゆめの中にあるたましい。○忻＝『全』は「欣」。よろこぶ、たのしむ。○身世＝わが身とこの世。
1山だしおやじの自分はもともと都ぐらしが性（しょう）に合わなかったので、
2三味線の音や車馬の騒音で夜もろくに眠れなかったものだ。
3何寸ほどにも積った俗塵のため着物もよほど重くなっていて、
4今、村里の家に宿をとって、わが身も世情も軽やかに感ぜられる束の間の喜びに浸っている。
・明治六年、下野直後の作か。

24 閑居

閑居

1 累官解得自由身
2 泉石烟霞情轉親
3 溫飽從來亡（一本忘）素志
4 清幽長願一閑人

累官より解かれ得たり自由の身、
泉石烟霞に情転た親しむ。
温飽は従来素志を亡わしむ〔忘れしむ〕、
清幽を長に願う一閑人。

《詩形・押韻・平仄式》

○七言絶句
○身、親、人が上平一一真の韻。
○初句〔平―平型〕　2句1・5字目を逆に作って救拯せず。6字目が孤仄となる。平対仄は16対12。

《語釈・通釈》

○閑居＝心静かにくらす。○累官＝官をかさねる。官位が上がる。○泉石烟霞＝いずみ、いし、もや、かすみ。転じて山水のけしき。○轉＝いよいよ、ますます。○溫飽＝ぬくぬくと着て十分に食べること。暖衣飽食。○素志＝日ごろのこころざし。○清幽＝俗世間を離れ、きよらかで静かに暮らすこと。

1いくつもの官職を解任されて自由の身となり、

2泉石烟霞、自然に対する愛着も一段と増してきた。

3人は本来、暖衣飽食になれると平素の志を失ってしまうものであるが、

4これからは一介のひま人となって、世俗を離れた清らかで静かな場所でいつまでものんびりと暮らしたいと思う。

・明治七・八年、下野直後の作であろう。

25 閑居偶成

閑居偶成

1 他年野鼠食天倉
2 休退自由遊睡鄉
3 猫爪脱來間富貴
4 徐行不似舊時忙

他年　野鼠は天倉に食らうも、
休退し自由に睡郷に遊ぶ。
猫爪より脱れ来たりて富貴を間ざけ、
徐行すること旧時の忙しさに似ず。

《詩形・押韻・平仄式》

○七言絶句

○倉、鄉、忙が下平七陽の韻。

○初句〔平—平型〕　2・3句1・3字目を逆に作って一句内救拯。2句5字目を逆にし6字目、孤仄。

《語釈・通釈》

○他年＝別のとし。○野鼠＝のねずみ。ここでは自己の卑称か。○天倉＝もと星宿の名だが、ここは天子の穀物倉ほどの意。〇睡郷＝夢の国。〇閒＝遠ざかる。〇徐行＝ゆっくり歩く。

1この数年間、野ねずみの如き私は天子のお倉の扶持米を食らって生きてきたのだが、

2役職を引退してからは自由に夢の国で遊べるようになった。

3権勢派の猫の爪から脱け出して富にも地位にも頓着しなくなり、

4立居振舞いもゆったりして昔のような忙しさなどはなくなった。

・明治九年ごろの作か。

26 失題

失題（しつだい）

1 柴門曲臂絶逢迎
2 夢幻利名何足爭
3 貧極良妻未言醜
4 時來牲犢應遭烹
5 願遁山野畏天意
6 飽易榮枯知世情
7 世念已消諸念息
8 烟霞泉石滿襟清

柴門に臂を曲げて逢迎を絶ち、
夢幻の利名何ぞ争うに足りん。
貧極まるも良妻未だ醜を言わず、
時来らば牲犢応に烹に遭うべし。
願わくは山野に遁れて天意を畏れ、
飽くまで栄枯を易んじて世情を知らん。
世念已に消えて諸念息み、
烟霞泉石、襟に満ちて清し。

《詩形・押韻・平仄式・対句の検証》

○七言律詩

○迎、爭、烹、情、清が下平八庚の韻。

○初句〔平―平型〕　2句3・5字目互いに逆にして一句内救拯。但し、5字目が孤仄となる。3句5・6字目、○●をわざと●○にした特殊型。3句1字目、4句3字目●を○に作り救拯せず。5句1・3字目を互いに逆にして一句内での救拯。7・8句3字目を互いに逆にして二句にわたる救拯。

○〔3・4句〕　貧・極↑↓時・來。良妻↑↓牲犢。未↑↓應。言・醜↑↓遭・烹。〔5・6句〕顧・遁↑↓飽・易。山野↑↓榮枯。畏・天意↑↓知・世情。

《語釈・通釈》

○柴門＝柴の戸。粗末な家。柴扃（けい）、柴扉（ひ）、柴荊（けい）など類義語。○曲臂（ひ）＝曲肱（こう）。○ひじを曲げて枕とする（『論語』述而篇の顔回の故事――貧しいながらも道を行う楽しみ――による）。○逢迎＝人を出迎えて応対する。○言醜＝みにくい、はずかしいと言うこと。○牲犢＝いけにえ用の小牛。○烹＝にる。烹刑（かまゆでの刑）。○易＝傷（えき）。かろんずる。あなどる。○世念＝俗念。心の中におもいつめた気持ちや考え。○息＝やむ。○烟霞泉石＝山石流水。山や川のある秀れた景色。○襟＝衿（えり）。胸のうち。襟懐、襟情。

1肱を曲げて枕とするあばら家の生活は格別客を迎えて接待することもなく、

2夢まぼろしのような名誉や利欲などどうして争い求める価値などあろう。

3貧乏のどん底にあってもわが良き妻はぐち一つこぼしたことがなく、

4たとえ栄華を極めたとしても時節が来ればいけにえ用の小牛のように煮殺（にころ）される運命が待っている

のだ。
5願わくは山野に隠遁して造化の神の心を畏れかしこみ、
6あくまで卑俗な栄枯盛衰などから超越した真の世情を知りたいものだ。
7心の中の俗念が消えればおのずと諸雑念も消えてなくなり、
8山紫水明、自然の風物が胸一杯に満ち満ちて爽快な気分になることであろう。
◎このころ、限りなく道家的隠遁思想に傾いていることがわかる。
・明治元年又は二年春、日当山温泉での作か。

27 偶成

偶成（『遺訓』は「書感」）

1 受辛經苦是兼非　　辛を受け苦を経るは是と非とを兼ね、
2 傲骨從來與俗違　　傲骨も従来俗と違う。
3 自古名聲多作累　　古より名声は多く累と作る、
4 不如林下荷鋤歸　　林下に鋤を荷いて帰るに如かず。

《詩形・押韻・平仄式》

○七言絶句

○非、違、歸が上平五微の韻。

○初句〔平―平型〕　１・４句１・３字目で一句内救拯。平仄式は完璧な作品。

《語釈・通釈》

○是兼非＝正と不正。善と悪。○傲骨＝高く構えて人に屈しない気質。

１これまでよくも悪くも数多の艱難辛苦を営め続けてきたのだが、

２性来の豪気な性格のため普通の人とはそりが合わなかった。

３昔から有名になるほどに多くはそれが却ってわずらわしさのもとになると言うではないか、

４だからそれらをかなぐり捨てて、林の下道を鋤をかついで家に帰るような暮らしが一番よいと思うのだ。

・明治六年、辞官帰宅後の作か。

◎いささかの自負と弁解、世に傲る性格（大久保利通評）と非難される一面と隠棲への傾斜――複雑な西郷の心境を伺わせる詩である。

28 除夜

除夜（『遺訓』は「失題」）

1 白髪衰顔非所意
2 壮心横剣愧無勲
3 百千窮鬼吾何畏
4 脱出人間虎豹群

白髪衰顔は意とする所に非ざるも、
壮心あり剣を横たうるも勲無きを愧ず。
百千の窮鬼を吾何ぞ畏れんや、
脱出せん人間虎豹の群。

《詩形・押韻・平仄式》

○七言絶句
○勲、群が上平一二文の韻。
○初句〔仄—仄型〕　２・３句１・３字目を基本型と逆にして一句内での救拯。平仄上は完璧作品。

《語釈・通釈》

○横剣＝大刀を使うこともなく腰にたばさむ、又は傍に置くの意か。cf. 11「蒙使…」詩の8句。○窮鬼＝追いつめられて死者となること。○畏＝おびえる。

1しらが頭やしわの出た顔は別に気にするものではないが、

2これまで高邁豪気な精神を持ち腰に大刀をたばさみながらいささかの勲功をもあげえなかったことが恥ずかしい。

3たとえどれほど多くの亡霊が出ることになろうとも私は何ら怖じ恐れるものではない。

4どうあろうともこのいまいましい俗界の虎豹の群から脱出したいのだ。

・明治一〇年二月一 or 二日、私学校生暴発の報を受け、根占での狩猟中を鹿児島へ呼び戻される途中、加治木での作。これまで西郷の絶筆とされてきたが、二〇〇九年四月、絶筆漢詩が新発見された（本書、後尾に掲載）。

《参考》

明治二十五年、西郷の十七回忌に来鹿した勝海舟は、本詩を西郷翁の絶世詩とみなし、若干の詩語を書き変えて自己の本懐を吐露している（『勝海舟全集』第十巻詩稿）。

「予与翁異、其所行事皆反。故詩及于爰云」（予は翁と異なり、其の行事するところ皆反す。故に詩りて爰に及びて云う／私は南洲翁とは考え方が違い、その諸所行は皆反対である。そこで私の本懐を明らかにするため翁の詩をもじって言いたいと思う）

1 白髪塵顔到無意
2 壮心横剣不求勲
3 百千窮鬼吾甚畏
4 難脱人間狐狸群

白髪塵顔となるも意とすること無きに到る、
壮心あり剣を横たうるも勲を求めず。
百千の窮鬼を吾甚だ畏る、
脱し難し人間狐狸の群。

〈詩形・押韻・平仄式〉

・七言古詩
・勲、群が上平一二文の韻。
・西郷の元詩に同じく初句を〔仄―仄型〕にしているが、5・6字目を基本型と逆に作り、二六不対の大原則違反を犯している。3・4句も同じ。2・3句1・3字目は逆にして救拯。

〈通釈・解説〉

1しらが頭、塵に汚れた顔になったが全く意にかけない境地に到っており、

2壮心あるも剣を横たえて勲功など立てようとは思わない。

・西郷詩の「衰顔」を「塵顔」に、「非所意」を「到無意」にもじったあたりはニュアンスの違いで済まされる。しかし、西郷の「愧無勲（何とかして勲功をたてたい）」を「不求勲」に変えたのは、明らかに西郷流国家への忠誠心に対するアンチ・テーゼである。

3戦を始めて何百何千の戦死者を出すことなど私にとっては思いもよらない恐ろしいことであり、

4狐や狸の化かし合いのような卑俗社会であっても、そうそう簡単に割り切って脱出することなどできるものではないと思うのだ（韜晦（とうかい）しても生き永らえるべきであったのだ）。

◎西南戦争など絶対に始めるべきではなかった。西郷の直情径行（玉砕）型志向を暗に批判し、勝海舟の熟慮慎重型（「瓦全」よりの生き方）志向が見てとれる。

29 春日偶成

春日偶成

1 塵世逃官又遯名
2 偏怡造化自然情
3 閑中有味春窓菅（夢）
4 呼覺曉鶯三兩聲

塵世の官を逃れ又名を遁れ、
偏に怡ぶ造化自然の情。
閑中にても味わい有り春窓の菅［夢］、
呼び覚さる暁鶯の三両声。

《詩形・押韻・平仄式》

○七言絶句
○名、情、聲が下平八庚の韻。
○初句〔仄―平型〕　1句1字目、逆にして救拯せず。4句1・3字目を逆にして救拯するも5字目を平に作ったため6字目が孤仄になった。「三兩」は「二六対」にするため「兩三」をひっくり返したもの。

《語釈・通釈》

○怡（い）＝喜ぶ、楽しむ、和らぐ。○造化＝天地間にある万物を造り育てた神、造物主。○菅＝かやつり草。長くのびた葉で笠、蓑、むしろ等を作る。一本に「夢」。この方が正しい。

1俗塵にまみれて世すぎしてきたが、この度官職を離れ、又名誉や利欲の世界ともおさらばして、

2ただもう天地自然のあるがままの情景に堪能している。

3のんびりした中にも種々の風情があり、春の窓辺での心地よい夢、

4早朝に呼び覚まされる鴬の二声（ふたこえ）、三声（みこえ）。

・明治七年春、伊作温泉での作。

30　偶成

偶成（ぐうせい）

1 半生行路咲吾非
2 瀟洒清風入曉幃
3 請看疏煙短牆處
4 紅塵離去少炎威

半生（はんせい）の行路（こうろ）は吾（わ）が非（ひ）を咲（わら）い、
瀟洒（しょうしゃ）たる清風（せいふう）は曉幃（ぎょうい）に入（い）る。
請（こ）う看（み）よ疏煙短牆（そえんたんしょう）の処（ところ）、
紅塵（こうじん）より離（はな）れ去（さ）って炎威（えんい）少（すく）なきを。

《詩形・押韻・平仄式》

○七言絶句

○非、幃、威が上平五微の韻。

○初句〔平―平型〕　1句1・3字目で救拯。2句1字目救拯せず。3句5・6字目を逆にした特殊型。

《語釈・通釈》

○咲＝笑。○瀟洒＝さっぱりして清らかである。○幃＝帷。とばり。蚊帳（かや）。○紅塵＝にぎやかな町の道路にたつちりやほこり。○炎威＝炎暑、夏のひどい暑さ。

1わが半世の生きざまは必ずしも正しくはなかったと我と我が身を笑っていると、

2さっぱりした明け方の風がとばりの中に吹き込んできた。

3さあみてほしい。朝もやが低い生籬（いけがき）にたゆたい、

4埃（ほこり）っぽい町から離れているので夏の暑さも感じないこの自然の境地を。

・明治七年夏、武村の自宅での作か。

31 偶成

偶成

官途艱險幾年勞
恰似輕舟風怒號
昨日非於鋤下覺
半生齡可卷中逃
山遊無累眞貍兎
獵隱有營唯銃獒
誰識滿襟清賞足
峰頭閑月萬尋高

官途の艱険幾年か労らしむ、
恰も軽舟に風の怒号するに似たり。
昨日の非は鋤下に於いて覚り、
半生の齢は巻中に逃る可し。
山遊に累無きは真の貍兎、
猟隠に営み有るも唯銃と獒のみ。
誰か識らん満襟に清賞足り、
峰頭の閑月万尋に高きを。

《詩形・押韻・平仄式・対句の検証》

○七言律詩

○勞、號、逃、嫯(ゴウ)、高が下平四豪の韻。
○初句〔平—平型〕　1・5・8句3字目、基本型と逆に作って救拯せず。4・7句の1・3字目、6句3・5字目を互いに逆に作って一句内救拯。但し、6字目は孤仄の禁を犯す。
○〔3・4句〕　昨日・非←→半生・齢。於・鋤下←→可・巻中。○覺←→逃。〔5・6句〕山遊←→獵隱。無・累←→有・營。眞・貍兔←→唯・銃嫯。

《語釈・通釈》

○官途＝官吏としての道。○艱險＝艱困。なやみ、くるしみ。○勞＝つかれる。○怒號＝風雨が激しい音を立てる。○鋤下＝すきの下、畑仕事。○巻中＝巻物の中、読書三昧(ざんまい)。○山遊＝遊山。○獵隱＝猟をしない時。「隱」はかくす、しまいこむ。○萬尋＝一万尋。尋(ひろ)は両手を横にのばした長さ。

1役人生活は辛く苦しく何年も苦労して過したもの、
2それはちょうど小舟に波浪が襲いかかるような状況であった。
3昨日までのありようが間違っていたことが畑仕事をしてみてよく分かり、
4これからの半生は読書三昧で過ごすべきと覚った。
5山遊びして何の思いわずらうことのない相手は狸(たぬき)や兎であり、
6猟のひまにはただ猟銃の手入れと猟犬の世話をするだけ。

7・8　すばらしい自然の中にどっぷり浸かり、清々しい風物を思う存分味わい、山の端にかかる万尋の高さの月を鑑賞する満足感をいったい誰が知るであろうか。

◎平仄式の整合性追求にかまけて、語義や語法の詮議がおろそかになり、「和臭」のひどい作品になっている。

32　和友人所寄韻以答

友人寄する所の韻に和し以て答う

1 囂塵送去意初休
2 探勝尋幽雲外遊
3 誰愍江湖把竿叟
4 虚名又釣廟廊憂

囂塵を送り去って意初めて休し、
探勝尋幽して雲外に遊ぶ。
誰か愍まん江湖に竿を把る叟、
虚名は又廟廊の憂いを釣るなるを。

《詩形・押韻・平仄式》

○七言絶句

○休、遊、憂が下平一一尤の韻。

○初句〔平─平型〕　2句5字目、3句1字目を基本型と逆に作って救拯せず。3句5・6字目は基本型と逆に作った特殊型。

《語釈・通釈》

○囂塵＝囂埃（あい）、囂俗、囂滓（し）。騒がしい俗世間。○探勝／尋幽＝景勝地をたずねて見て歩く。／奥深く景色のよいところをたずね求める。○雲外＝はるかな遠い所。○愸＝うれえる。○叟＝長老。ここでは西郷自身。○虚名＝実のそわない名。虚誉（実態にそぐわぬほまれ）。○廟廊＝廊廟。朝廷。政治を行う所。

1俗世間の塵芥（ちりあくた）を追いやって気持ちが初めて休まり、

2すばらしい景勝地を尋ね求めて遠くまで足を運ぶ。

3それなのに江湖で竿を握る老人を憐れむのは誰か、

4虚名を釣るのは同時に朝廷に仕える苦労を釣ることになるというのに。

◎本詩は西郷に再上京を促す友人（吉井友実か？）の詩に対し、上京を拒否する意を表わしたもの。明治七年（一八七四）の作か（─底本による）。「韻に和す」とは、贈られた相手の詩と同じ韻を踏ませて作詩すること。

(33) 辭親

親に辭す（親しい人々と別れる）

1 壯士腰間三尺劍
2 欲排妖霧覩青天
3 不堪雙涙辭親日
4 正是丹心報國年

壮士は腰間に三尺の剣、
妖霧を排して青天を覩んと欲す。
双涙に堪えず親に辞する日、
正に是れ丹心報国の年。

《詩形・押韻・平仄式》

○七言絶句
○天、年が下平一先の韻。
○初句〔仄—仄型〕　2・3句1・3字目を互いに逆に作って救拯。

《語釈・通釈》

○妖霧＝災害をもたらす霧。○覩＝睹、みる。

1血気盛んな若者は腰に三尺の大刀を差して、

2国に災いをもたらすあやしい霧を打ち払い、青天白日を仰ぎ見ようと思う。

3親族と別れるこの日、両頬を伝う涙をこらえることができない。

4だが、今こそまさに赤い真心を持って国に報いる年なのだ。

◎大橋良雄氏は「南洲翁の漢詩に関する疑問」（『敬天愛人』第6号88・9・24）で本詩は「其の内容より見て」隆盛の詩にあらずとしている。筆者は以下に述べる理由でその説を支持するものである。

イ．本詩の平仄式は完璧である。しかし、七言詩の初句（仄―仄型）（偏格）は西郷詩には極めて少なく、逆に手慣れた者の偽作を匂わせるものがある。

ロ．用語にクセがある。「辞親」「妖霧」「青天」「丹心」「報國」など観念的で実態が捉えにくい。

ハ．文章表現上「和臭」がひどい。特に3・4句。

ニ．豪気高邁な壮士が（1句）、女々しく涙を流す（3句）滑稽さはいかにも作り話的である。cf.137留別

ホ．安政元年（一八五四）、二十八歳の西郷が藩主斉彬の参府に従って初めて江戸に赴いた史実に基き

創作したもののようだが、意余って力（表現力）足らずの感を否めない。

へ・西郷本人が自己を客観的にみて作詩したというより、他人がその別れの状況を想像して作詩した作品とみる。

・『西郷隆盛の偉大さを考える』（山田慶晴著、昭和六十一年）も本詩を偽作としている。

34 謝貞郷先醒〈一本生〉之恩遇

貞郷先醒の恩遇に謝す

1 天歩艱罹禍
2 何圖繫獄身
3 昔年蒙寵遇
4 今日抱酸辛
5 滿垢澆湯浴
6 重愁散酒醇
7 有誰臻此賚
8 賢宰因純仁

天歩艱にして禍に罹る、
何ぞ図らん繫獄の身。
昔年　寵遇を蒙り、
今日　酸辛を抱く。
満垢を湯浴に澆ぎ、
重愁を酒醇に散ず。
誰有ってか此の賚を臻す、
賢宰の純仁に因る。

《詩形・押韻・平仄式・対句の検証》

○五言律詩

○身、辛、醇、仁が上平一一真の韻。

○初句〔仄―仄型〕　1句1字目を逆に作り救拯せず。3・4句、7・8句各1字目を逆に作って二句にわたる救拯。8句3字目、仄を平に作ったため下三平の禁忌事項を犯す。

○〔3・4句〕　昔年↑↓今日。蒙・寵遇↑↓抱・酸辛。〔5・6句〕両句とも〔滿垢↑↓重愁（目的語の前置）S―澆↑↓散（動詞）V―湯浴↑↓酒醇（補語）C〕構造。

《語釈・通釈》

○貞郷＝沖永良部島の与人（よひと）（村長）蘇廷良（そていりょう）。明治維新後、沖利有と改名。貞郷はその号。○先醒＝先に覚醒した人、先生。○天歩＝天命。天から与えられた使命。○罹禍＝罹災（りさい）。災いにかかる。○酒醇＝醇酒。こくのある酒。○臻＝いたる。ここは致（いた）すの代替。○賚（らい）＝賚賜。たまう、たまもの。○因＝由。ふまえる、由来する。○純仁＝純粋な仁徳。

1天歩艱難（てんぽかんなん）、命運厳しく災いがふりかかって、

2思いがけず牢獄に繋がれる身となった。

3昔、斉彬公の恩寵を受けたが、

4今、こうして辛酸を嘗めている。

5湯に浸って全身の垢を洗い流し、

6深い悲しみを生酒を呷ってまぎらわせた。
7いったいどなたがこのありがたい賜物を授けて下さったのか、
8ほかならぬ名村長・貞郷先生の純一な仁愛によるのである。

・文久三年（一八六三）、沖永良部島での作。

35 贈高田平次郎

高田平次郎に贈る

1 憑君識取英雄氣
2 斬賊勇肝百倍加
3 遺策恵投三尺劍
4 血戰當千如亂麻

君に憑って識取す英雄の気、
斬賊の勇肝百倍加わる。
遺策に、恵投す三尺の剣と、
血戦すれば当千乱麻の如からん。

《詩形・押韻・平仄式》

○七言絶句

○加、痲が下平六麻の韻。
○初句〔平―仄型〕　2句3字目、逆に作って救拯せず。3句1・3字目を逆にして救拯。4句は〔平―平型〕であるべきを〔仄―平型〕に作った拗体作品。

《語釈・通釈》

○高田平次郎＝沖永良部島の詰役人。附役。西郷は文久二年（一八六二）、徳之島から沖永良部島に遠島になった。その時佩刀を没収されていたので、同情した高田平次郎は、翌三年任務が終わる際、西郷出獄の時進呈するようにと自分の佩刀を同僚の福山清蔵に託した。そのことを聞き、感謝してこの詩を作ったといわれる。詰役人は代官・附役・見聞役らからなる。その下に島民からなる島役がいる。島役は与人・横目・掟らからなる。（以上、底本による）

1・2　あなたのお陰で英雄の気概をよく知り得て、逆賊を斬る勇猛果敢な肝っ玉に更に百倍もの覇気が加わった。

3・4　私に下さると言づけなさった三尺の大刀、それを振って血戦すれば、一騎当千、快刀乱麻の活躍が期待出来るであろう。

36 送高田平次郎將去沖永良部島

高田平次郎の将に沖永良部島を去らんとするを送る

1 春容催暮慘離情
2 萬里行舟向帝京
3 花謝送君相共去
4 無那鶯語惜期鳴

春容暮を催して離情惨たり、
万里に舟を行かしめ帝京に向かう。
花は謝み君を送って相共に去り、
鶯語期を惜しんで鳴くを那ともする無し。

《詩形・押韻・平仄式》

○七言絶句
○情、京、鳴が下平八庚の韻。
○初句〔平—平型〕　1・4句3字目、逆に作って救拯せず。3句1・3字目、互いに逆にして救拯。

《語釈・通釈》

○催暮＝暮春になりそうなこと。○花謝＝花がしぼむ。○送君＝京都に転出する高田平次郎を見送った。
○無那＝どうしようもない。○惜期＝離別の時を惜しむ。

1春の風情も暮に近づく頃、別れに臨んで胸がいたむ。
2君は船に乗って遙か遠い京都へ向かうことになった。
3花もしぼみ、君を送り出すと共に散ってしまい、
4鶯までが別れの時を惜しんで鳴いているようで、どうにもやるせないことだ。

37　謝貞郷先醒恵茄

貞郷先醒の茄を恵まれしに謝す

1 麗色秋茄一段奇
2 依然芳味倚君知
3 正要見厚情深處
4 添賜佳聲最悦嬉

麗色の秋茄一段と奇なり、
依然たる芳味君に依って知る。
正に厚情の深き処を見んとす、
添賜の佳声に最も悦嬉す。

《詩形・押韻・平仄式》

○七言絶句

○奇、知、嬉が上平四支の韻。

○初句〔仄―平型〕　２句３字目、４句１字目を逆に作って救拯せず。

《語釈・通釈》

○麗色＝美しい色。○秋茄＝秋なす。○奇＝めずらしい。○要＝～せんとす。○添賜＝添付。○佳聲＝佳言。ここは和歌のこと。○悦嬉＝悦喜。大いによろこぶ。

１いただいたみずみずしい秋なすは又一段と見事なもの、

２むかしと変らぬおいしさを君のおかげで知ることが出来ました。

３まさしく君の厚情の深さを見る思いがして、

４おなすに添えて下さったすばらしい和歌がまた殊のほかうれしくにこにこしています。

38　留別政照子

政照子に留別す

1 別離如夢又如雲
2 欲去還來涙泫沄
3 獄裡仁恩謝無語
4 遠凌波浪痩思君

別離は夢の如く又雲の如く、
去らんと欲して還た来り涙泫沄。
獄裡の仁恩謝するに語無く、
遠く波浪を凌ぎ痩せて君を思わん。

《詩形・押韻・平仄式》

○七言絶句

○雲、沄、君が上平一二文の韻。

○初句〔平—平型〕　1・4句は1・3字目を逆にして救拯。3句は5・6字目の平仄を逆にした特殊型。

《語釈・通釈》

○留別＝別れの心を後にとどめる。旅立つ人が別れを告げること。○泫沄＝泫泫（涙の流れるさま）、沄沄（水がめぐり流れるさま）。泫を沄に代え押韻させた。

1お別れは夢のようで又雲のようで、はかなくも落ちつかない。

2立ち去ろうとしてはまたあと戻りして涙がとめどもなく流れる。

3入牢（じゅろう）中に受けた数々のご恩には感謝のことばもありません。

4鹿児島に帰っても遠く波涛を超えてやせる思いであなたのことを偲（しの）びます。

・元治元年（一八六四）二月二十一日、翁三十八歳時の作。「流謫之南洲翁」（『沖永良部島郷土資料』）によれば、本詩は明治八年（一八七五）翁四十九歳、土持政照氏が出麑するに当り、本詩の初稿（次詩）を写し、翁に絹本への清書を乞うたのに対し、訂正して軸物にし、土持氏に与えたものという。

《参考》

1 別來如夢亦如雲
2 孤客何情淚泫泫
3 獄裡仁恩無謝言
4 心関波浪瘦思君

別れ来たれば夢の如く亦た雲の如し、
孤客何の情か涙泫泫。
獄裡の仁恩謝言無く、
心波浪に関さるるも痩せて君を思う。

〈詩形・押韻・平仄式〉

○七言絶句

○雲、君が上平十二文で押韻。上記資料には誤記がある。特に2句末字を押韻させず、3句末字を平声字で作るなどは致命的である。

○初句〔平─平型〕　1句1・3字目で救拯。2句1字目、4句3字目を逆に作り救拯せず。何よりも2句末字を押韻させず（泫は上声銑の韻）、3句末字を平声字（言は語の誤記か）に作ったのは大きな規則違反。

〈初稿（A）から完成稿（B）への成長ぶり〉

○1句（A）「別來（来は助字的用法）」を（B）「別離」と熟語化。並列の亦（A）を加上の又（B）に。

○2句。確定化した形（A）から流動化した形（B）へ。

○3句。生硬且つ平仄上も禁忌を犯した（A）「言」から「3句末は仄声字」に合せた（B）「語」へ（特殊型）。平仄上は「無謝語」の方が基本型に合致する。

○4句。（A）「心関」というぎこちない表現から「心」をとり去った自由闊達且つ遠隔感を表出した（B）「遠淩」へ。

以上、（A）から（B）へ、十一年間の研鑽・成長ぶりが如実に伺える。

39　奉贈比丘尼

比丘尼に奉贈す

1 雌鴿驚雄戞戞聲
2 頻呼朋友勵忠貞
3 翕然器重邦家寶
4 最仰尊攘萬古名

雌鴿　雄を驚かす戞戞の声、
頻に朋友を呼んで忠貞を励ます。
翕然して邦家の宝を器重とし、
最も仰ぐ尊攘万古の名。

《詩形・押韻・平仄式》

○七言絶句
○聲、貞、名が下平八庚の韻。
○初句〔仄―平型〕　1句1字目、2句3字目、3句1字目を基本型と逆に作って救拯せず。

《語釈・通釈》

○比丘尼＝尼僧、野村望東尼。○鴿＝はと。鳩。○戞戞＝嘎嘎。鳥の鳴き声。○忠貞＝国に忠誠・貞節を尽くすこと。○翕然＝翕合。寄り集まるさま。○器重＝重器、重鎮。宝のような大切な器物。
1めす鳩がくうくうと鳴いておす鳩を奮い立たせ、
2しきりに同志に向かって国に忠誠を尽くせと呼びかけ励まして(はげ)いる。
3皆が一丸となってわが国の帝(みかど)を貴重な宝とするよう勧め、
4万世に垂れるべき尊皇攘夷の大義を最もあがめうやまっておられる。
・慶応元年（一八六五）三十七歳、筑前（福岡県）の勤皇の女傑・野村望東尼に逢い、贈った詩。

《参考》**贈呈野村望東尼**（野村望東尼(のむらもとに)に贈呈(ぞうてい)す）**高杉晋作**

1 自●愧●知君容●我●狂
2 山荘留●我●更●多情
3 浮沈十●年●杞●憂志●
4 不●若●閑雲野●鶴●清

自(みずか)ら愧(は)ず　君(きみ)の我(わ)が狂(きょう)を容(い)るるを知(し)るを、
山荘(さんそう)に我(われ)を留(とど)めて更(さら)に多情(たじょう)。
浮沈十年(ふちんじゅうねん)　杞憂(きゆう)の志(こころざし)、
閑雲(かんうん)・野鶴(やかく)の清(きよ)らかなるに若(し)かず。

〈詩形・押韻・平仄式〉

○七言絶句

○狂（下平七陽）、情、清（下平八庚）の通押。

○初句〔仄―平型〕　1句5字目、2句3字目、●を○に作り救拯せず。3句5字目、○を●に作ったため6字目が「孤平」の禁忌事項を犯す。

〈語釈・通釈〉

○狂＝狂簡（きょうかん）（志が大きくて実行のともなわないこと）。狂狷（きょうけん）（むやみに理想に走って実行がともなわず、思慮が浅く、かたくななこと。）いずれも『論語』が出自。○杞憂＝無用の心配。

1あなたがわたしのような狂簡の徒を受け入れて下さると知って恥じ入るばかり、

2あなたは自分の山荘にわたしを匿（かくま）い厚い温情をかけて下さいました。

3・4　この十年のわたしの浮沈の多い人生のなかで、わたしが天下に対して抱いた杞憂の志も、あなたの、のどかな雲間を飛ぶ野鶴のような清らかさには、到底及ぶべくもありません。

◎漢詩としては重字が多く、和臭も強い必ずしも立派な作品ではないが、激動の渦中にあってなお、この竹を割ったような爽やかな詩を作る高杉晋作の人間性が読み取れる。

40　奉呈月形先生

月形先生に奉呈す

1　四山含笑起春風
2　値此芳時意未通
3　思短熊羆夢難結
4　偏蘊正氣泣豪雄

四山笑いを含んで春風起こる、
此の芳時に値うも意未だ通ぜず。
思い短くして熊羆夢を結び難く、
偏に正気を蘊いで豪雄を泣かしむ。

《詩形・押韻・平仄式》

○七言絶句
○風、通、雄が上平一東の韻。
○初句〔平―平型〕　1句1・3字目を逆に作り救拯。3句5字目、○を●に作ったため下三仄を犯す。

《語釈・通釈》

〇月形先生＝筑前藩士で勤皇の志士・月形洗蔵。町方吟味役。慶応元年、藩論一変し、六月捕えられ、十月死罪に処せられた。〇山笑＝出典は宋代、禅宗の画家・郭熙の「春山淡冶にして笑うが如し」。現在、春の季語ともなっている。〇熊羆＝くまとひぐま。熊虎（勇猛な人のたとえ）に同じ。〇壅（ヨウ）＝さえぎる。〇正氣＝天地間にみなぎる正大の気。［正気の歌］宋の文天祥が元に捕えられ至元十八年（一二八一）獄中で作った五言古詩。孟子の浩然の気に基き、古来の忠臣烈士の事蹟を述べ、天地間の正気が永遠に変わらぬことを詠じた。わが国の藤田東湖、吉田松陰、広瀬武夫などそれに和した詩がある。

1四方（よも）の山々が笑みをたたえて春風が吹き始めた。

2このよき時節にめぐりあったが、朝廷と幕府との意志はまだ通じ合わない。

3互いに思慮が短絡にすぎて勇猛の士の夢は結びようもない。

4幕府はひたすら天地正大の勤皇の気を抑圧して、多くの英雄豪傑を泣かしめている。

・慶応元年春、福岡での作。（『西郷隆盛の偉大さを考える』山田慶晴、二七〇頁）

41 高崎五郎右衛門十七回忌日賦焉（一）

高崎五郎右衛門の十七回忌の日に賦す（一）

1 不道嚴冬冷　厳冬の冷たさを道わず、
2 偏憂世上寒　偏に世上の寒さを憂う。
3 回頭今夜雪　頭を回らせば今夜の雪、
4 照得斷腸肝　照し得たり断腸の肝。

《詩形・押韻・平仄式》

○五言絶句
○寒、肝が上平十四寒の韻。
○初句〔仄―仄型〕　基本平仄式通りの作品。

《語釈・通釈》

○高崎五郎右衛門温恭＝幕末、島津斉興(なりおき)の後継をめぐり斉彬派とお由羅（の子久光）派とが暗闘した。「お由羅騒動」（別称、高崎崩れ）の首謀者の一人として船奉行格高崎は嘉永二年（一八四九）十二月三日雪の夜、切腹させられた。○回頭＝回首、過去のことをふりかえって思う。○斷腸＝非常な悲しみ、残念無念。○肝＝肝っ玉、忠誠心。

1高崎氏は厳しい冬の寒さなどおくびにもださず、

2ひたすら寒心にたえない世情の乱れを憂えたのだ。

3ふり返ってみると折しも降りしきる今夜の雪は、

4十七年前、断腸の思いで切腹して果てた高崎氏の忠誠心をまざまざと照らし出している。

42　高崎五郎右衛門十七回忌日賦焉（二）

高崎五郎右衛門の十七回忌の日に賦す（二）

1 歳寒松操顯
2 濁世毒清賢
3 對雪無窮感
4 空過十七年

歳寒くして松操顕われ、
濁世は清賢を毒す。
雪に対して窮り無き感、
空しく過ごしたり十七年。

《詩形・押韻・平仄式》

○五言絶句
○賢、年が下平一先の韻。
○初句〔平―仄型〕　1句1字目のみ基本平仄型を外した一瑕疵作品。

《語釈・通釈》

○1句は『論語』子罕篇の「歳寒然後知松柏之後凋也（歳寒くして然る後松柏の凋(しぼ)むに後(おく)るるを知る）」を踏まえている。

1酷寒の時季になってはじめて松や柏(このてがしわ)の緑が変わらぬことがわかるように、厳しい時勢に遭遇してはじめて高節の士の真価が現れ、

2混濁した世にあってはとかく節操清らかな賢人は迫害されやすいものだ。

3今宵、雪に対して感無量、

4あれから空しく十七年を過ごしてしまった。

・慶応元年（一八六五）十二月三日、京都での作。

43　送寺田望南拜伊勢神宮

一舍同眠兄弟情
何圖匆卒去孤征
吟筇避暑侵朝發
涼氣如秋入夜行

內外神宮瞻德至
中興帝業禱功成
他鄉送客無窮恨
強擧金杯唱渭城

寺田望南の伊勢神宮に拝するを送る

一舎に同に眠る兄弟の情、
何ぞ図らん匆卒として去り孤り征かんとは。
吟筇は暑さを避け朝を侵して発し、
涼気秋の如かれば夜に入りて行け。
内外の神宮に徳の至れるを瞻、
中興の帝業功成るを祈れ。
他郷へ客を送る窮り無き恨み、
強いて金杯を挙げて渭城を唱わん。

《詩形・押韻・平仄式・対句の検証》

○七言律詩

○情、征、行、成、城が下平八庚の韻。

○初句〔仄―平型〕　1句5字目、2句3字目、4句1字目を逆に作り救拯せず。1句6字目は孤仄の禁を犯す。全詩の○対●は31対25。

○〔3・4句〕　吟笻↑↓涼氣。避・暑↑↓如・秋。侵・朝・發↑↓入・夜・行。〔5・6句〕内外↑↓中興。神宮帝業。瞻・德至↑↓禱・功成。

《語釈・通釈》

○寺田望南＝薩摩藩士、名は弘。通称平之進。明治五・六年ごろドイツへ留学。後年、諸子百家の学に転ず。○笻＝竹の杖。○侵朝＝侵早、侵晨（しんしん）。早朝に行動すること。○内外神宮＝伊勢神宮の内宮外宮（ないくうげくう）。○中興帝業＝皇室の再興、すなわち王政復古。○渭城＝送別の詩として有名な、盛唐の詩人・王維の「送元二使安・西（元二の安西に使いするを送る）」のこと。

1われわれは一つ屋根の下に寝起きした兄弟同様の間柄であったが、

2その君が急にひとり伊勢へ旅立とうとは思いもよらなかった。

3竹杖をつき詩歌を吟じながら暑さを避けて朝早く発（た）ち、

4秋のように涼しくなる夜になって歩を進められよ。
5伊勢の内宮外宮を参拝して至尊の神徳を仰ぎ見、
6皇室再興の偉業の成就を祈ってほしい。
7他郷へ旅立つ君を見送るのは誠につらいが、
8気を張って酒杯をあげ陽関三畳でも唱うとしよう。
・慶応三年（一八六七）七月、京都での作。

44　送大山瑞巖

大山瑞巌を送る

1 從來素志燦交情
2 大義撐腸離別輕
3 一算投機扶百世
4 片言愆令斃千兵
5 必亡危難生疏暴
6 決勝奇謀發至誠
7 往矣愼哉雷火術
8 電光聲裡見輸贏

従来の素志燦たる交情、
大義腸を撐えて離別軽し。
一算機に投ずれば百世を扶け、
片言令を愆れば千兵を斃す。
必亡の危難は疎暴に生じ、
決勝の奇謀は至誠に発す。
往けや慎めや雷火の術、
電光声裡に輸贏見る。

《詩形・押韻・平仄式・対句の検証》

○七言律詩

○情、輕、兵、誠、嬴が下平八庚の韻。

○初句〔平―平型〕　4・5・8句1・3字目を逆にして一句内救拯。7句3字目、平仄基本型と逆に作り救拯せず。

○〔3・4句〕　一算↑↓片言。投・機↑↓愆・令。扶・百世↑↓甦・千兵。〔5・6句〕必亡↑↓決勝。危難・生・疏暴↑↓奇謀・發・至誠。作詩規則通り、3・4／5・6句は見事な対句になっている。

《語釈・通釈》

○大山瑞巖＝西郷の従弟、大山巌元帥。通称、弥助。この時、薩藩の砲兵隊長。『遺訓』の詩題が「贈大山巖赴任奥羽戦役（大山巖の奥羽戦役に赴任するに贈る）」とある通り、明治元年（一八六八）、戊辰戦争で奥羽に出征する際の送別詩。○素志＝日ごろのこころざし。○燦＝あざやかで美しいさま。○撐腸（とうちょう）＝たくさん食べて腹が突っぱる。満腹する。○一算＝一計。一つのはかりごと。○投機＝機会につけこむ。○愆（ケン）＝あやまつ、たがう。○疏暴＝粗暴。性質や動作が荒々しく乱暴なこと。○奇謀＝奇計、奇策。人の意表をついた計略。○雷火・電光＝火薬をつめて弾丸を発射する鉄砲や大砲とそれを使った戦のこと。○輸嬴＝負けることと勝つこと。勝敗。

1幼少よりの志気や友情がいまも燦然と輝いていて、
2維新の大義で腹を括（くく）っている身であれば別れの悲しみなど湧（わ）くべくもない。
3君の戦術がうまくいけば向後百年の国家を救い、
4間違った片言隻句の命令が千人の兵士を殺すことにもなる。
5必敗の危難は粗暴な言動より生じ、
6必勝の計略は至誠の心から起こる。
7さあ往け、そして慎重に銃撃戦の指揮をとれ、
8砲声とどろく中で戦の勝敗は決するのだ。

45　弔亡友

亡友を弔う

1 耐艱摧賊鐵心堅
2 功業名聲天下傳
3 情契如今異生死
4 忠魂欲慰涙潸然

艱に耐え賊を摧いて鉄心堅く、
功業名声は天下に伝わる。
情契如今生死を異にし、
忠魂慰めんと欲して涙潸然たり。

《詩形・押韻・平仄式》

○七言絶句
○堅、傳、然が下平一先の韻。
○初句〔平─平型〕　1句1・3字目、基本型と逆に作って一句内救拯。2句1・5字目を逆に作ったため、6字目が孤仄となった。3句は5・6字を故意に逆にした特殊型。

《語釈・通釈》

○耐艱＝底本の書幅の写真を見ると草稿の一字目は「歩」とあり、天歩艱難の略語と思われる。「名声」も「英名」とあり、この方がベター。○情契＝同志としてのさまざまな盟約であろう。○底本の写真で4句末尾に「悲壮」とあるのは明らかに草稿であることを証している。幾度もの推敲のあとが偲ばれて面白い。

1君は艱難に耐え賊兵を打ち破って断固たる信念を持ち続けた、

2その手がらとほまれは長く天下に伝わっている。

3死なばもろともと誓った友情の契り（ちぎ）も今や生死処を異にして、

4忠義至誠の魂を慰めようと思ってもただ涙がとめどなく流れるばかりである。

・明治元年、戊辰の役の戦死者を弔っての作（底本）。

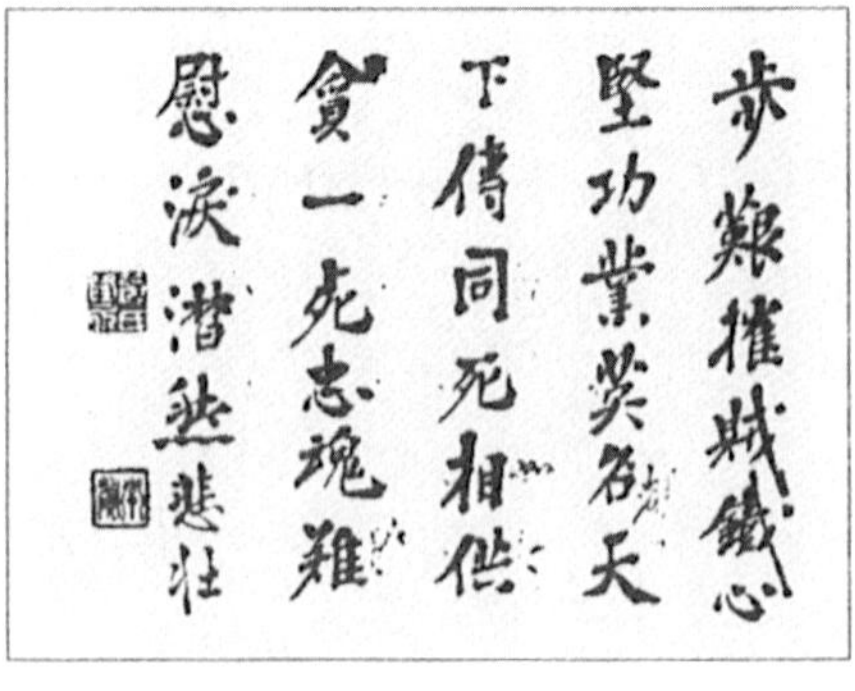

46　春日偶成

春日に偶成す

1 春風送暖入吟思
2 李白桃紅巧吐奇
3 誰識花前却生感
4 昨年挑戦是斯時

春風暖を送って吟思に入り、
李は白く桃は紅に巧みに奇を吐く。
誰か識らん花前は却って感を生ずるを、
昨年の挑戦は是れ斯の時たり。

《詩形・押韻・平仄式》

○七言絶句
○思、奇、時が上平四支の韻。
○初句〔平―平型〕　3句1字目を逆に作って救拯せず。且つ5・6字目を逆にした特殊句型。4句1・3字目を逆にして一句内救拯。

《語釈・通釈》

○吟思＝思吟の転倒。漢詩の創作。

1暖かい春風が吹いて漢詩創作の意欲をかきたてる。

2白い李（すもも）、赤い桃の花がたくみに美しさを競って咲いている。

3その花々を前にして、却って悲壮感の漂うことを誰が知ろうか。

4昨年、幕府に戦をしかけ顛覆を図ったのは丁度今頃であった。

・明治二年（一八六九）の作か。

47　弔關原戰死

関ヶ原の戦死を弔う

1 滿野悲風氣未平
2 如今鏖殺海東兵
3 可憐三百餘年怨
4 聽凱歌忠鬼有聲

満野の悲風　気未だ平かならず、
如今鏖殺す海東の兵。
憐むべし三百余年の怨み、
凱歌を聴きて忠鬼に声有らん。

《詩形・押韻・平仄式》

○七言絶句
○平、兵、聲が下平声八庚の韻。
○初句〔仄―平型〕　2句3字目を逆に作り救拯せず。3句1・3字目を逆にして救拯。一瑕疵作品。

《語釈・通釈》

○氣＝薩摩藩兵怨念の鬼気。○鏖殺＝皆殺しにする。○海東＝東海。静岡県、愛知県の海岸地方。平仄の関係で転倒した。○可憐＝ああ、あわれ（感嘆詞）。○凱歌＝戦いに勝って帰る時にうたう祝い歌。○忠鬼＝忠義の死者の魂。○4句は語法上変則的である。

1関ヶ原の古戦場一面に悲風吹き渡り、西軍兵士の亡霊はまだ成仏していないかのよう、

2だが、今こそわが官軍は東海の幕府の賊兵を皆殺しにして勝利を得た。

3ああ、三百有余年のこの怨念、

4今、我々の勝どきの声を聞いて、地下の忠義の士も快哉を叫んでいることであろう。

・明治元年（一八六八）、四十二歳。東征大総督府参謀として東下した際の作であろう。

48 偶成

偶成（ぐうせい）

1 再三流竄歴酸辛

2 病骨何曾慕俸緡

3 今日退休相共賞

4 團欒情話一家春

再三（さいさん）の流竄酸辛（るざんさんしん）を歴（へ）たり、

病骨（びょうこつ）　何（なん）ぞ曽（かつ）て俸緡（ほうびん）を慕（した）わんや。

今日退休（こんにちたいきゅう）して相共（あいとも）に賞（しょう）す、

団欒（だんらん）の情話（じょうわ）　一家（いっか）の春（はる）。

《詩形・押韻・平仄式》

○七言絶句

○辛、緡、春が上平一一真の韻。

○初句〔平―平型〕　1・3句1・3字目を逆にして救拯。4句3字目のみ基本型に悖る一瑕疵作品。

《語釈・通釈》

○流竄＝島流しの刑。○酸辛＝辛酸。押韻のため転倒させた。○病骨＝病躯、病身。○俸緡＝俸禄。俸給。緡は銭さしの糸。○團欒＝集って楽しむ。まどい。○3・4句は語法錯綜している。

1私は再三にわたり島流しの刑にあい辛酸を嘗めてきたが、

2生来、病気がちの身であり自ら進んで俸禄生活を求めたのではなかった。

3・4　今日、官職を退いて帰省し、家族一同相集い、ご馳走を食べながら親しく話にうち興じて、名実共に一家の春を満喫している。

・明治三年（一八七〇）一月、薩藩の参政を辞任した折の作であろう。

49 憶弟信吾在佛国

弟信吾の仏国に在るを憶う

1 兄弟東西千里違
2 今宵齋戒客星祈
3 欲離姑息却姑息
4 不願多能願早歸

兄弟東西千里に違い、
今宵斎戒して客星に祈る。
姑息を離れんと欲すれば却って姑息たらん、
多能を願わず早帰を願う。

《詩形・押韻・平仄式》

○七言絶句
○違、祈、歸が上平五微の韻。
○初句〔仄―平型〕　1句1・5字目、2句3字目●を○に作り救拯せず。1句6字目は孤仄の禁を犯す。3句1・3字目で救拯するも5字目○を●に作ったため孤平の禁を犯す。○16対●12。

《語釈・通釈》

○『遺訓』は詩題が「憶弟隆興在英国留学」になっている。○齋戒＝ものいみする。神仏に祈るとき飲食や行動をつつしみけがれに触れぬようにする。「――沐浴（髪を洗い体を洗う）」○客星＝常には現れず臨時に出る星。○姑息＝一時のがれ、間にあわせ。3句の具体的現実の意味不明。○4句は蘇東坡の故事（63詩）を踏まえるか。

1われら兄弟は、現在、東西に遠く千里も離れ離れになっているが、

2私は今宵、斎戒沐浴して旅の星に弟の無事を祈った。

3その場しのぎのいい加減なやり方から逃げようとすると、かえっていい加減な結果になってしまうものだよ、

4私は弟が多能賢才になることを願わず、むしろ一日も早く帰国することを願っている。

・明治三年作。

50　送藩兵爲天子親兵赴闕下

1 王家衰弱使人驚
2 憂憤捐身千百兵
3 忠義凝成腸鐵石
4 爲楹爲礎築堅城

藩兵、天子の親兵と為って闕下に赴くを送る

王家の衰弱人をして驚かしめ、
憂憤に身を捐つ千百の兵。
忠義の凝って成る腸鉄石、
楹と為り礎と為って堅城を築け。

《詩形・押韻・平仄式》

○七言絶句

○驚、兵、城が下平八庚の韻。

○初句〔平―平型〕　1句3字目、2句1・5字目、3句1字目、いずれも●を○に作り救拯せず。従って、○対●は18対10。

《語釈・通釈》

○闕下＝宮門のもと、朝廷。○捐＝義によって捨てる。○腸鐵石＝「鉄石腸」の平仄による転倒。

1いま、皇室の威光は地に落ち人々を驚かせており、
2これを憂え憤る百千の薩藩の兵士が身を捨てて奮い立った。
3忠義の心がこり固まって鉄石のように堅い肝っ玉の兵士たちよ、
4柱となり礎石となって皇室を護る堅城を築け。

・明治四年作（底本）。

51 送村田新八子之歐洲

村田新八子の欧州に之くを送る

1 連歳同眠食　連歳　眠食を同にし、
2 交情日日親　交情　日々に親しむ。
3 豈圖今夜夢　豈図らんや今夜の夢、
4 忽作隔雲人　忽ち雲を隔つる人と作らんとは。

《詩形・押韻・平仄式》

○五言絶句

○親、人が上平一一真の韻。

○初句〔仄—仄型〕　1・3句各1字目を逆に作って救拯せず。

《語釈・通釈》

○村田新八経麿（つねまろ）（一八三六〜七七）明治四年（一八七一）遣欧使節の一員として欧米に向かった。

1君とは数年間寝食を共にして、

2友情は日ましにこまやかになっていった。

3・4　ところがはしなくも君は今日渡欧することになり、今夜から雲を隔てた遠くの人として君を夢に見ることになろうとは思いもしなかった。一路平安。

52　奉送菅先生歸鄕

1 林疏葉盡轉傷悲
2 明發又爲千里離
3 細雨有情君善聽
4 替人連日滴淋漓

菅先生の帰郷を奉送す

林疏らに葉尽きて転傷悲し、
明に発して又千里の離を為す。
細雨情有り君善く聴け、
人に替りて連日滴って淋漓たり。

《詩形・押韻・平仄式》

○七言絶句
○悲、離、漓が上平四支の韻。
○初句〔平—平型〕　2句1・3字目を基本型と逆に作り一句内救拯。5字目、逆に作ったため6字目孤仄となる。3句3字目を逆に作り救拯せず。4句1・3字目を逆に作り一句内での救拯。

《語釈・通釈》

○菅先生＝庄内藩中老菅實秀（すげさねひで）。権参事。号は臥牛。明治六年、征韓論に敗れて下野していた西郷のもとへ、庄内藩士が教えを受けに来鹿していた。

1森の樹々の葉も落ち尽して閑散となったころ、あなたとお別れすることになり悲しみも倍加しているところですが、

2明朝出発される先生とは又、千里も遠く離れ離れになります。

3降り続く小雨（「島津雨」の名はあったか）には別れの哀情がこもっています。どうぞよく聞いて下さいね、

4これからも人（私）に代って連日降りつづき、思慕の情を滴らせることでしょう。

53 寄弟隆武留學京都

1 孤遊何必用咨嗟
2 勉學須追前路賒
3 一別片言能體認
4 幾人拭目待歸家

弟隆武の京都に留学するに寄す

孤遊何ぞ必ずしも咨嗟するを用いんや、
勉学須らく追うべし前路の賒かなるを。
一別の片言を能く体認せよ、
幾人か目を拭い家に帰るを待つことを。

《詩形・押韻・平仄式》

○七言絶句
○嗟、賒、家が下平六麻の韻。
○初句〔平─平型〕　1句3字目、2句5字目、4句1字目をそれぞれ逆に作って救拯せず。

《語釈・通釈》

○隆武＝末弟小兵衛隆武。明治二年（一八六九）、京都に遊学。○咨嗟＝嗟咨。なげく。押韻のため転倒。

○賒＝シャ。とおい。○體認＝体得。十分理解して身につける。
1単身遊学するのは不安だろうが、何も嘆き悲しむことはなかろう、
2学問の前途は遠い。是非、真理を求めて勉学に励んでほしい。
3別れの際の一言をしっかり覚えておくように、
4君が学業を終えて帰ってくるのを多くの人が涙を拭いながら待っていることを。

54　寄友人某

友人某に寄す

1 野徑高低到草廬
2 携來瓢酒與君娯
3 誰知吾輩交情篤
4 命駕何曾畏險途

野径高低して草廬に到る、
瓢酒を携え来って君と娯しむ。
誰か知らん吾輩の交情の篤きを、
駕を命ずるは何ぞ曽て険途を畏るるならんや。

《詩形・押韻・平仄式》

○七言絶句

○廬、娯、途が上平七虞の韻。

○初句〔仄―平型〕　２・３句３字目、●を○にしたまま救拯せず。○対●は16対12。

《語釈・通釈》

○友人某＝村田新八を指すと思われる（底本）。○瓢酒＝瓢箪に入れた酒。○命駕＝かごを呼ぶ。

１細い野道を上ったり下ったりして、ようやく君の草の庵を訪れて、

２さげて来た瓢箪の酒をくみ交し談笑する。

３我ら二人のつき合いの深さは誰も知るまいが、

４かごを命じたのは決して道が険しいためばかりではないのだ。

・明治七年（一八七四）頃の作。

55　奉寄（吉井）友實雅兄

1 如今常守古之愚
2 轉覺交情世俗殊
3 規誨自然生戲謔
4 杯樽隨意極歡娯
5 同袍固慕藍田約
6 談笑尤非竹林徒
7 此會由來與孰倶
8 願令衰老出塵區

吉井友実雅兄に寄せ奉つる

如今常に守る古の愚、
転た交情の世俗に殊なるを覚ゆ。
規誨は自然に戯謔を生じ、
杯樽　意に随って歓娯を極む。
同袍固より藍田の約を慕い、
談笑尤も竹林の徒を非とす。
此の会　由来孰と倶にかせん、
願わくは衰老をして塵区より出でしめよ。

《詩形・押韻・平仄式・対句の検証》

○七言律詩

○愚、殊、娯、徒、區が上平七虞の韻。

○初句〔平―平型〕　1・4句各3字目、6句1字目、7句5字目を逆に作り救拯せず。3・8句1・3字目を逆にして一句内救拯。6句6字目、「二六対（つい）」の原則に違反。

○〔3・4句〕　規誨←→杯樽。自然←→隨意。生・戯謔←→極・歡娯。〔5・6句〕同袍←→談笑。固←→尤。慕・藍田約←→非・竹林徒。

《語釈・通釈》

○吉井友實＝西郷より一つ歳下の竹馬の友。一時、坂本龍馬の庇護者でもあった（一八二八～一八九一）。○俗殊＝殊俗。風俗を異にする。○規誨＝規戒。教え。○戯謔＝ふざける。おどける。○杯樽＝酒杯と酒樽。○同袍＝袍（ぬのこ）（わたいれ）を貸し合うほどの親友。○藍田約＝杜甫の七律「九日藍田崔氏荘」。九月九日重陽の節句に崔氏の邸に集い酒杯を傾けた者たちが、明年も元気で会いたいものだと唱った詩。○竹林徒＝魏・晋の阮籍（げんせき）、嵆康（けいこう）、山濤（さんとう）、向秀（しょうしゅう）、劉伶（りゅうれい）、王戎（おうじゅう）、阮咸（げんかん）の七賢人。互いに親しく交わり、老荘思想にふけり、礼法を軽んじた。俗世間を避けて竹林に遊び、自然と詩酒を友にした隠者たち。○塵區＝塵界、塵境、塵世。

1今の時代に相変らず昔ながらの古くさいやり方を守っている我々であるが、
2どうやらつき合い方がますます世間のものと違うようになったようだ。
3適切ないましめはおのずとおどけを生ずるもの、
4酒杯を傾ければ思う存分楽しみを尽くすべし。
5どてらを貸し合った友だち同士、藍田のひそみに倣いたいもの、
6うちとけて口角泡を飛ばす時も、竹林の七賢のような超俗的清談を最も嫌うのである。
7今回お招きの会合はもともとどなたとご一緒することになっていたのでしょうか、
8願わくはこのよぼよぼ老人を俗世間からひき出してくれる会合であってほしいものです。
・明治六年（一八七三）頃、吉井友実から何かの会合に誘われて、それを断った返詩という（底本）。

56 偶成

偶成（ぐうせい）

1 早起開扉望櫻峰
2 雲間白雪奥應冬
3 兩三詩客訪茅屋
4 汲水喫茶共忘庸

早起（そうき）して扉（とびら）を開（ひら）き桜峰（おうほう）を望（のぞ）めば、
雲間（うんかん）に白雪（はくせつ）あり奥（おく）は応（まさ）に冬（ふゆ）なるべし。
両三（りょうさん）の詩客茅屋（しかくぼうおく）を訪（と）うあり、
水（みず）を汲（く）み茶（ちゃ）を喫（きっ）して共（とも）に庸（よう）を忘（わす）る。

《詩形・押韻・平仄式》

○七言絶句
○峰、冬、庸が上平二冬の韻。
○初句〔仄—平型〕　1句6字目、「二六対」の規則に違反した拗体作品。「櫻」を●とみた節（ふし）がある。3句1・3字目は基本型と逆にして救拯したが、5字目○を●にしたため6字目孤平の禁を犯す。4句3字目、逆に作り救拯せず。

《語釈・通釈》

○櫻峰＝桜島。○茅屋＝茅葺きの我が家、○庸＝庸庸。平凡でとりえのないさま。

1朝早く起き、戸を開けて桜島を眺めると、

2雲間から白雪を被った山頂が見え、山の奥ははや冬らしい。

3やがて漢詩作りの仲間二、三人が粗末なわが家にやって来たので、

4早速、水を汲んで湯を沸かし茶をすすりながら、日ごろの憂さを晴らした。

・明治七年ごろ、自宅での作。

57 月照和尚忌日賦

月照和尚の忌日に賦す

1 相約投淵無後先

2 豈圖波上再生縁

3 回頭十有餘年夢

4 空隔幽明哭墓前

相約して淵に投ずるに後先無し、

豈に図らんや波上再生の縁。

頭を回らせば十有余年の夢、

空しく幽明を隔てて墓前に哭す。

《詩形・押韻・平仄式》

○七言絶句
○先、縁、前が下平一先の韻。
○初句〔仄―平型〕　１句５字目、逆に作り救拯せず。ために６字目、孤仄となる。２句１・３字目を互いに逆にして一句内救拯。従って１句５字目のみが一瑕疵の作品。「相」はここでは仄声で読む。

《語釈・通釈》

○月照和尚＝京都清水寺成就院の僧。法名は忍尚、別号月照。安政の大獄の間、近衛忠熙(ひろ)公は西郷に勤皇僧月照の保護を求め、逃避行の末、二人は薩摩潟で入水(じゅすい)、月照上人は四十六歳の生涯を閉じた。安政五年（一八五八）、時に西郷三十二歳。○後先＝先後。押韻のため転倒。○幽明＝暗いことと明るいこと。あの世とこの世。○哭＝大声をあげて泣く。人の死を悲しんで大声をあげて泣く礼。

１一緒に死のうと誓い合って相共に海に身を投げたのに、
２自分だけが波の上で生き返るという因縁になろうとは思いもしなかった。
３ふり返って思えば夢のような十余年前のこと、
４今は空しく幽明境を隔て墓前で慟哭するばかりである。

・明治三年（一八七〇）十一月十六日作。

58　送菅先生　菅先生を送る（『遺訓』は「示菅實秀／菅実秀に示す」）

1 相逢如夢又如雲　相逢うこと夢の如く又雲の如し、
2 飛去飛來悲且欣　飛び去り飛び来って悲しみ且つ欣ぶ。
3 一諾半錢慚季子　一諾半銭　季子に慚ず、
4 晝情夜思不忘君　昼に情い夜に思いて君を忘れず。

《詩形・押韻・平仄式》

○七言絶句
○雲、欣、君が上平一二文の韻。
○初句〔平―平型〕　1句3字目、2句1・5字目、●を○に。従って6字目が孤仄となる。3句3字目、4句1字目、○を●に作り救拯せず。

《語釈・通釈》

○菅先生＝旧庄内藩士菅実秀。明治八年（一八七六）庄内藩士七人で薩摩の西郷を訪ね、薫陶を受けた。別れに際し、西郷が同道の約束を果たせぬことのお詫びに贈った詩。○季子＝季布、秦末漢初、楚の人。初め任侠の徒であったが、項羽の将となり、のち漢の高祖に仕えた。楚人の諺に「黄金百斤を得るは、季布の一諾を得るに如かず」というのがある（『史記』季布伝）。季布は一度引き受けたことは必ずそれを実行したので人々に信用された。〔季布一諾（季布の一諾）／季布無二諾（季布に二諾なし）〕

1私達の出会いは夢のようにはかなくまた天空を漂う雲のようにあてどがないもので、

2長い道中を飛び来り飛び去って、会えば喜ばしく別れは悲しい。

3同道を果せぬ私の約束は半銭の値うちしかなく、一諾黄金百斤の季布に比べてなんとも恥ずかしいかぎり、

4これからは昼も夜も君を思い片時も忘れることはないだろう。

(59) 失題

失題

1 孤鳩林外喚朋聲
2 聽取斯心不語明
3 疾馬難留回首望
4 一鞭千里似毛輕

孤鳩　林外に朋を喚ぶ声、
斯の心を聴取すれば語らずして明らかなり。
疾馬留め難く首を回らして望めば、
一鞭千里　毛の軽きに似たり。

《詩形・押韻・平仄式》

○七言絶句
○聲、明、輕が下平八庚の韻。
○初句〔平―平型〕　4句1・3字目を逆に作って救拯。1句3字目のみ基本型に違背した一瑕疵作品。

《語釈・通釈》

○孤鳩＝孤独な鳩。○斯心＝仲間を呼ぶ心。○疾馬＝疾走する馬。いずれも何を象徴するか不明。

1仲間外れの一羽の鳩が森陰で仲間を呼んで鳴いているようで、
2その本音をしっかり聞きとれば語らずして真意は理解できるはずだ。
3疾走する馬は制御しがたく、あとをふり返って眺めやると、
4一むち千里、馬ははや羽毛のように軽やかに疾駆してとどまるところを知らない。
◎抽象表現詩のため真意が伝わらない。通常の西郷流リアリズム漢詩に甚だ悖るとみた。且つ西郷が馬に跨がって疾駆させたという事実は疑わしい。

60 偶成

偶成（ぐうせい）

1 獄裡氷心甘苦辛
2 辛酸透骨看吾眞
3 狂言妄語誰知得
4 仰不慚天況又人

獄裡（ごくり）の氷心苦辛（ひょうしんくしん）を甘（あま）しとし、
辛酸骨（しんさんほね）に透（とお）って吾（わ）が真（しん）を看（み）る。
狂言妄語（きょうげんもうご）を誰（だれ）か知（し）り得（え）ん、
仰（あお）いで天（てん）に慚（は）じず況（いわ）んや又人（またひと）にをや。

《詩形・押韻・平仄式》

○七言絶句

○辛、眞、人が上平一一真の韻。

○初句〔仄—平型〕　1句5字目、●を○に作ったため6字目孤仄になった一瑕疵作品。

《語釈・通釈》

○氷心＝唐、王昌齢の「芙蓉楼送辛漸（芙蓉楼にて辛漸を送る）」詩の結句「一片氷心在玉壺（一片の氷心玉壺に在り）」を連想させる。

1獄中にあっても「一片の氷心玉壺に在り」の心境でいると、苦いも辛いもむしろ甘いと感ずるもの、

2ひどいつらさが骨身にしみてこそ自分の真骨頂がみてとれると言えよう。

3作り飾ったことばやうそいつわりのことばをいくら並べても、一体誰が事の真実を知り得ようか、

4わが信念は天真爛漫、仰いで天に恥じず、まして俯して人に恥じるものではない。

・文久三年（一八六三）沖永良部獄中での作。（後年清書したもの）

61 夏雨

夏雨

1 細●雨●洗●塵誰●爲●憐
2 涼風滿●座●意●虛然
3 滴●聲有●感●幽囚裡
4 占●得●清機笑●謫●僊

細雨塵を洗い誰が為に憐れむや、
涼風座に満ちて意虚然たり。
滴声に感有り幽囚の裡、
清機を占め得て謫仙を笑う。

《詩形・押韻・平仄式》

○七言絶句
○憐、然、僊が下平一先の韻。
○初句〔仄―平型〕　1句3・5字目を逆に作って救拯。3句1字目、○を●に作った一瑕疵作品。

《語釈・通釈》

○憐＝レン。いつくしむ。○虚然＝虚心。○清機＝清らかな心のはたらき。○謫僊＝謫仙人。俗気のない人。

1小雨が降り続いてまわりの塵芥を洗い流している。まるで誰かをいとおしむかのように、

2涼しい風が部屋いっぱいに吹き込んで、私は無心の境地で端座している。

3牢獄で聞く雨だれの音は一入感慨深く、

4身心共に清々しい気分が漲って、世捨て人気どりなど笑い飛ばしてしまいたくなる。

62 感懐

感懐（心に感じたこと）

1 幾歴辛酸志始堅

2 丈夫玉砕愧甎全

3 一家遺事人知否

4 不爲兒孫買美田

幾たびか辛酸を歴て志始めて堅し、

丈夫は玉砕すとも甎全を愧ず。

一家の遺事を人知るや否や、

児孫の為に美田を買わず。

《詩形・押韻・平仄式》

○七言絶句
○堅、全、田が下平一先の韻。
○初句〔仄—平型〕　2句1字目を基本型と逆にして救拯せず。3句1・3字を逆に作り一句内での救拯。○因みに「楓橋夜泊」（唐・張継）と同平仄式・同押韻韻目である。

《語釈・通釈》

○幾歴＝幾経（いくたびか経る）を仄起こりにするため幾歴に変えた。○2句＝『北斉書』（元景安伝）の「大丈夫寧可玉砕、不能瓦全（大丈夫は寧ろ玉砕すべきも瓦全する能わず）」に由る。「瓦全（為すことなく徒らに生をむさぼる）」を平仄の関係上、「甎全（瓦を甎レンガ）」に変えた。○3句＝「一家遺事」を一本で「我家遺法」にする。明確さは後者が勝る。○美田＝対義語は「薄田」。

1何度もの辛く苦しい経験を経てはじめて人間の志操は堅固になってゆくものだろう、
2いっぱしのもののふはたとえ玉砕してもなすことなく無駄に生きることを恥とするものだ。
3わが家の遺訓を人様はご存知だろうか、
4それは子孫のために必要以上に肥沃な田畑を買わないということだ。

◎『遺訓』五に「翁は在る時この七絶を示されて、若し此の言に違ひなば、西郷は言行反したるとて見限られよと申されける。」とある。1句と2句の意味の落差は大きいが、すでにこの作詩時期（明治四年ごろ）「玉砕」の精神は西郷の胸中に胚胎していたのだろうか。

63　武村卜居作

武村に卜居しての作

1 卜居勿道倣三遷

2 蘇子不希兒子賢

3 市利朝名非我志

4 千金抛去買林泉

卜居を道う勿れ三遷に倣うと、
蘇子は希わず児子の賢。
市利朝名は我が志に非ず、
千金を抛ち去りて林泉を買いしなり。

《詩形・押韻・平仄式》

○七言絶句

○遷、賢、泉が下平一先の韻。

○初句〔平─平型〕　1・2句各1字目、逆に作り二句にわたる救拯。2句3・5字目を逆にして一句内救拯。4句3字目●を○に作り救拯せず。

《語釈・通釈》

○武村＝西郷は誕生地の加治屋町から上之園町へ、明治二年に武村へ転居した。別号の武邨吉(たけむらのきち)はこれに由来すると思われる（中国式に武邨吉(ぶそんきち)と考えていたかも知れない）。○卜居＝卜宅。土地のよしあしを占って住居を定めること。○三遷＝〔孟母三遷〕孟子の母が墓所の近くから市場の近くへ、更に学校の近くへと三たび居を遷(うつ)して孟子を教育した故事。○蘇子＝蘇軾。宋（一〇三六～一一〇一）、眉山(びざん)（四川省）の人。蘇洵(じゅん)の子、蘇轍の兄、字(あざな)は子瞻(しせん)、号は東坡居士(とうばこじ)。宋代の大文章家。博く経史に通じ、詩文をよくし、又絵画にも巧(たくみ)であった。宋朝の諸官を歴任したが、詩で朝廷を謗(そし)ったとされ死刑は免れたものの杭州知事に左遷された。

1私が土地占いして転居したことを孟母三遷にみならったなどと言わないでほしい、

2蘇東坡はわが子が賢くなるのを願わなかったというではないか。

3そもそも市場で金儲(もう)けしたり朝廷に出仕して名臣の誉(ほま)れを得ることなど私の本望ではなく、

4ただ、大金をはたいて森と泉のある自然の庭園を買っただけのこと。

・明治二年、上之園から武に転居した際の作。

〈参考〉〔蘇東坡詩〕

人皆養子望聡明（人は皆子を養いて聡明を望む）、
我被聡明誤一生（我は聡明を被りて一生を誤てり）。
唯願孩児愚且魯（唯願う孩児の愚且つ魯（まぬけ）なるを）、
無災無難到公卿（災いなく無難に公卿（高位高官）に到れ）。

64 偶成

偶成

1 世上毀譽輕似塵
2 眼前百事僞歟眞
3 追思孤島幽囚樂
4 不在今人在古人

世上の毀誉軽きこと塵に似たり、
眼前の百事は偽か真か。
追思す　孤島幽囚の楽しみ、
今人には在らず古人に在り。

《詩形・押韻・平仄式》

○七言絶句
○塵、眞、人が上平一一真の韻。
○初句〔仄―平型〕　1句3・5字目をそれぞれ逆にして一句内救拯。2句1字目、3句3字目を逆に作り救拯せず。全詩○14対●14に戻っている。

《語釈・通釈》

○毀譽＝毀誉褒貶（ほうへん）（悪口を言うこととほめること）。○歟＝与（か）疑問、反語の意を表す助字。

1世の人がほめたり・そしったりするのは軽く薄っぺらなこと塵・芥（あくた）のようなもので、
2目の前で起こるあらゆるもの事は嘘（うそ）だろうかまことだろうか。
3今、離れ小島に繋（つなが）れていた時の楽しみを思い返していると、
4むしろ現世の人との交流ではなく、昔の人や書物の上でのつき合いの方に軍配をあげたくなるのだ。

・明治二、三年、西郷四十歳ごろ、日当山温泉での作か。

65　志感寄清生兄

感を志して清生兄に寄す

1 去來朝野似貪名
2 竄謫餘生不欲榮
3 小量應爲莊子笑
4 犧牛繋杙待晨烹

朝野を去来するは名を貪るに似たり、
竄謫の余生　栄を欲せず。
小量は応に荘子の笑いと為るべし、
犧牛杙に繋がれて晨烹を待つ。

《詩形・押韻・平仄式》

○七言絶句
○名、榮、烹が下平八庚の韻。
○初句〔平─平型〕　1句1・3字目を逆に作り救拯。平仄上は完璧な作品。

《語釈・通釈》

○清生＝木場伝内。大阪藩邸留守居役。西郷が奄美大島・徳之島に流謫の時、奄美大島の見聞役で、西郷の身を庇い世話をした。○竄謫＝竄流、竄逐。罪人を遠い地方に追放する。○小量＝小器、度量のせまい人。○荘子＝荘周。戦国時代、宋の豪（河南省商丘市）の人。その著書『荘子』は老子の道家思想を継ぎ、人間は欲望を捨て無為自然を旨とし、自然の変化に応じて生きるべしと主張。人間が自己の知性にふり回されるむなしさと安心立命の大切さを豊富な寓話を使って説いた。［荘周畏犠］［荘周之夢］［鼓盆而歌］［濠上観魚］などなど。○犠牛＝いけにえ用の牛。○晨烹＝朝早く烹刑（かまゆでの刑）にあうこと。

1朝廷に出仕したり野に下ったりするのは一見名誉を求めているととられるかも知れないが、

2島流しにあってなんとか生きのび余生を送っている私は、今更栄誉を欲しがったりなどするものではない。

3だが、この度はからずも朝廷に再出仕することになった。このようなちっぽけな料見では、きっと荘子の笑いものとなりそうだ、

4宮仕えは廟堂で杙に繋がれた生けにえ用の牛が翌朝早く煮殺されるのを待つようなものだと荘子がつとに揶揄しているではないか。

・『全』は「失題」。本詩は明治四年、西郷が朝命に応じて上京する際、木場伝内に心境を詠い送ったもの。

◎波乱万丈の生涯を送った西郷であれば、おそらく生前に幾度もの行蔵（出処進退）の関頭に立って苦

渋の選択を迫られたことがあったであろう。官吏として再出仕するか、下野して自然児の余生を送るか。二つの道ははからずも中国の二大思想そのままに、一つは仁義と忠君愛国の儒教の道であり、一つは自由な精神世界に遊ぶ無為自然の老荘思想の道である。晩年の一時期、老荘の世界に遊んだ西郷であったが、自称「儒学者」西郷が結局前者の道をつき進み横死の結末を迎えたのは、いわば必然の帰結であったと言えようか。だが、両思想のはざまにあってどれほどの煩悶をくり返し、あげくに犠牲の化身となりはてたか、その心底を推し測れば推し測るほど酸鼻の落涙を禁じ得ないものがある。

66 偶成

偶成(ぐうせい)

1 嚴寒勉學坐深宵
2 冷面饑腸燈數挑
3 私意看來爐上雪
4 胷中三省愧人饒

厳寒(げんかん)に勉学(べんがく)して深宵(しんしょう)に坐(ざ)す、
冷面饑腸(れいめんきちょう)　灯(ともしび)を数(しばしば)挑(かか)ぐ。
私意(しい)看来(みきた)れば炉上(ろじょう)の雪(ゆき)、
胸中(きょうちゅう)に三省(さんせい)して人(ひと)に愧(は)ずること饒(おお)し。

《詩形・押韻・平仄式》

○七言絶句

○宵、挑、饒が下平二蕭の韻。

○初句〔平―平型〕　2句5字目、3句1字目、4句3字目、いずれも●を○に作り救拯せず。

《語釈・通釈》

○冷面＝顔がつめたくなること。○饑腸＝腹がすくこと。○爐上雪＝禅語の「紅炉上一点雪（活火の上に一点の雪をおけば忽ち溶ける／道を悟って胸中に滞礙（たいがい）のない喩え）」〔西郷と禅及び陽明学については拙著『唐詩鑑賞法』（南日本新聞開発センター出版）に小論考あり〕○三省＝「曽子曰、吾日三省吾身（吾（われ）日に三たび吾が身を省（かえり）みる）」（『論語』学而篇）

1厳しい寒さの中で勉強して夜おそくまで机の前に坐っていると、

2顔は冷え空腹になって、しきりに灯芯をかきたてた。

3自分の思索のあとを見直してみると恰も炉上の雪の如く一瞬のうちにあとかたもなく消え失せてしまい、（個人的了見などはかなく無価値なものだ）

4ただ胸中深く反省すると世の人に対して慚愧の念に堪えないことが数多くあるのだ。

◎性来凡人の西郷が長ずるに及んでしばしば自己否定の精神から出発し、思索を深めながら自己練磨していく過程が読みとれる。多くの世人に好意を寄せられる所以であろう。

67 失題

失題

1 坐窺古今誦陳編
2 富貴如雲日幾遷
3 人不知吾何慍有
4 一衣一鉢任天然

坐して古今を窺い陳編を誦す、
富貴は雲の如く日に幾たびか遷る。
人の吾を知らざるも何の慍ることか有らん、
一衣一鉢　天然に任せん。

《詩形・押韻・平仄式》

○七言絶句

○編、遷、然が下平一先の韻。

○初句〔平―平型〕　1句4字目の「今」は「二四不同」の大原則を犯している。ここは3字目の「古」と転倒させて「今古」とすれば、1字目「坐」（基本型は○で作るべきもの）と相殺されて（救拯）、意味も同じである。3・4句の1字目はそれぞれ逆に作って二句にわたる救拯。

《語釈・通釈》

○陳編＝古書。ここでは『論語』を指す。○富貴＝豊かな財産と高貴な身分。「死生有命、富貴在天（死生命有り、富貴天に在り）」（『論語』顔淵第一二）。○如雲＝如浮雲。全く関係のないことのたとえ。「不義而富且貴、於我如浮雲（不義にして富み且つ貴（たっと）きは、我に於いて浮雲の如し）」（同述而第七）。○慍＝胸に不平がつかえむかついていかる。「人不知而不慍、不亦君子乎（人知らずして慍らず、亦（また）君子ならずや）」（同学而第一）。○衣鉢＝袈裟（けさ）と托鉢（たくはつ）用の鉢（はち）。①師から伝えられた仏法の秘伝。②師から伝わる学問・技芸の奥義。

○天然＝人の作為が加わらず、自然のままであること。

1机の前に坐って古今の故事来歴を探り学ぼうと古書を繙（ひもと）いたが、

2豊かな財産も高貴な身分も一日のうち幾度（いくたび）も移り変わる浮き雲のように自分とは何の関係もない。

3他人が自分の真の姿を知らなくてもむかつくことなどあろうはずがない、

4一張羅の袈裟を着、一碗の托鉢を手にした禅僧のように、自然のまま無欲恬淡の生活に身を任せたいものだ。

◎本詩には「あるがままに生きること、日常生活の中にも真理があること」を説く禅宗の思想と、「無為自然であれ」と説く老荘の「道」の思想、それに道教的言い方をしているが、芯は孔子の儒教思想が渾然一体となって表現されている。西郷という一個人の脳中で儒仏道三教が渾然一体となって渦まいていたと見ることができようか。

68 失題

失題

1 禍福如何轉倒心
2 平生把道謁朱門
3 幾回拋死臨兵事
4 忠恕金言不食言

禍福は如何ぞ心を転倒せしめんや、
平生は道を把りて朱門に謁したり。
幾回か死を抛って兵事に臨みしか、
忠恕の金言　食言せず。

《詩形・押韻・平仄式》

○七言絶句

○心、門、言が上平一三元の韻。

○初句〔仄―平型〕　3句1・3字目を互いに逆にして救拯。4句1字目、●を○に作り救拯せず。

《語釈・通釈》

○把＝にぎる（動詞）。○道＝人のふみ行うべき道。ここは儒家思想の「仁」の道。○謁＝身分の高い人にあうこと。○朱門＝朱ぬりの門。転じて公卿や大名やしき。○抛＝なげすてる。○忠恕＝まごころと自分を思うのと同じように相手を思いやる心。「曽子曰、夫子之道、忠恕而已矣（曽子曰く、夫子の道は忠恕のみと）」（『論語』里仁第四）「為人謀而不忠乎（人の為に謀りて忠ならざるか）」（同学而第一）「其恕乎、己所不欲勿施於人（其れ恕か。己の欲せざる所は人に施すこと勿かれ）」（同衛霊公第一五）。○金言＝金句。かたく誓ったことば。○食言＝自分の言ったことに背き、実行しないこと。

1災禍や幸福がどうして人の信念を簡単にひっくり返すと言えるだろうか、

2ふだん私は確固たる正義の道を以って高貴の門に出入りしてきた。

3これまで何度も命を投げ出して戦争にも従事してきたが、

4いついかなる時もまごころを尽くし、思いやりの心を持つという誓言に背くようなことはなかったのだ。

◎「儒学者」西郷の真骨頂を端的に表明した作品である。「仁」と「忠恕」こそ孔子を祖とする儒教思想のキーワードであり、西郷の金言＝一貫道であった。

69 偶成

偶成（ぐうせい）

1 相遇相逢心不同
2 錦衣燦爛占高風
3 應知閑談幽園裏
4 塵事交加清趣空

相遇い相逢うも心同じからず、
錦衣燦爛として高風を占む。
応に知るべし閑談幽園の裏、
塵事交加わって清趣空しきを。

《詩形・押韻・平仄式》

○七言絶句

○同、風、空が上平一東の韻。
○初句〔仄―平型〕　1・2句1字目を逆にして二句にわたる救拯。1句5字目、3句3字目、4句1・5字目、いずれも●を○に作り救拯せず。1・4句、6字目は孤仄の禁を犯す。特に3句4字目は「二四不同」の大原則を犯した拗体作品。

《語釈・通釈》

○燦爛＝あざやかに輝くさま。○閑談＝閑話。むだばなし、世間話。○清趣＝情趣。おもしろみ、味わい。

1多くの人と顔を合わせ出会いを喜んでも心がぴったり合うわけではなく、
2まして錦の着物を着たお偉いさんがきらびやかに高座にぞろりと居並んでいるのは。
3奥深い静かな庭園の中で何気ない世間話をしていても、
4いつの間にか世俗のくだらぬ話が入り込んできて、折角のおもむき深い交歓も台無しになってしまうことを知って欲しいものだ。

◎とある日、高官たちとのパーティーの一風景であろう。寡黙の西郷にとっては堪えがたい時間であったに違いない。

(70) 逸題

逸題（いつだい）

1 十五年前出故郷
2 飄然來住櫻州傍
3 傾盃何管酒賢聖
4 握筆不論人短長

十五年前故郷を出で、
飄然として来り住みたり桜州の傍。
盃を傾くるに何を管せん酒の賢聖、
筆を握りて人の短長を論ぜず。

《詩形・押韻・平仄式》

○七言絶句
○郷、傍、長が下平七陽の韻。
○初句〔仄―平型〕　2句3・5字目、●を○に作る。従って「下三平」の禁を犯す。3・4句3・5字目をそれぞれ逆に作り一句内救拯。但し、共に孤平・孤仄の禁を犯している。

《語釈・通釈》

○飄然＝ふらりと行ったり来たりする。○何管＝不管。どちらでもよい。○酒賢聖＝酒清者為聖人、濁者賢人（酒の清なる者は聖人と為し、濁れる者は賢人と為す）。清酒とどぶろく。○短長＝短所と長所。

1・2　十五年前に故郷を出て、ふらりとこの桜島のかたわらにやってきて住みつくことになった。

3折ある毎に傾ける酒盃は清酒でもどぶろくでも何でもよいのだ、

4筆を握って書きものをする時も決して人の短所・長所をあげつらうようなことはしない。

・2句5字目はたとえば「薩」とすれば「下三平」を免れる。肯えて大禁を犯したのは何故か。

・3句は「地ごろ」の西郷さんのセリフとしてはスマートすぎ。

・4句の文筆評論家＝西郷隆盛像も考えにくい。南洲親筆とされる書幅も残ってはいるが、他人の偽筆であることを証する文字が多々ある。

・前記、山田慶晴著本も本詩は西郷作ではないとする。

71　示子弟

子弟に示す

1 學文無主等癡人
2 認得天心志氣振
3 百派紛紜亂如線
4 千秋不動一聲仁

文を学びて主無くば痴人に等し、
天心を認得すれば志気振るう。
百派紛紜　乱るること線の如きも、
千秋動かざるは一声の仁。

《詩形・押韻・平仄式》

○七言絶句
○人、振、仁が上平一一真の韻。
○初句〔平―平型〕　1句1・3字目を逆に作り一句内救拯。3句5・6字目を逆にした特殊型。

《語釈・通釈》

○學文＝中国や日本の古典、特に聖賢の学を学ぶ。○無主＝主体性が無い。陽明学では「主体が本性の顕現として客体と関係を持つとき、客体の本質を把握し、客体との本来的関係（＝現）を創造する」という（『伝習録』）。○癡人＝おろか者。○認得＝体認、自得。真にわかること（他者への教化をあえて教育・教化といわず「促し」というのは、「自得・体認」するために、その当人以外が最大限に援助できることといえば、所詮は「促すこと」以上はできないからである。―同右書）。○天心＝天帝（自然界・人間界の主宰者）の心。天地自然の道・理法。陽明学では実践主体を渾一的に表現して「心」という。主宰者である「心」が習慣・格式から自由になって主宰力を発揮する。「この世のすべての理は私の心の中にある。」＝「心即理」説。○志氣＝物事をしようとする意気込み。○紛紜＝複雑に入りまじるさま。○線＝綫、糸、すじ。○千秋＝一千回の秋、千年、永久。○仁＝親族者をいつくしみ、したしむ心情。「仁者愛人（仁とは人を愛するなり）『論語』」「親親、仁也（親に親しむ、仁なり）『孟子』」「上下相親、謂之仁（上下相親しむ、之を仁と謂う）『礼記』」「博愛、謂之仁（博く愛す、之を仁と謂う）韓愈『原道』」「仁、親也、从人二（仁は親なり、人と二に従う）『説文解字』」

1いくら学問に励んでも主体性がなければ馬鹿者と同じで、

2天地自然の理法を真に体得すれば進取の気性も振るい立つであろう。

3学問の世界は、古来、諸子百家の学説が入り乱れもつれあった糸のような状況だが、

4未来永劫微動だにしないのは「仁」の一語である。

◎平明な語句の中に「儒学者」西郷の本領が発揮され、本懐が吐露されていて含蓄が深い。西郷は「仁」に象徴される儒教思想を信奉し、陽明学に鼓舞激励されて生きた「儒学者」であったと言えよう。

72　示外甥政直

外甥政直に示す

1 一貫唯唯諾　　一貫せよ唯唯諾、
2 從來鐵石肝　　従来は鉄石の肝。
3 貧居生傑士　　貧居に傑士生じ、
4 勳業顯多難　　勲業は多難に顕わる。
5 耐雪梅花麗　　雪に耐えて梅花麗しく、
6 經霜楓葉丹　　霜を経て楓葉丹し。
7 如能識天意　　如し能く天意を識らば、
8 豈敢自謀安　　豈敢て自から安きを謀らんや。

《詩形・押韻・平仄式・対句の検証》

○五言律詩
○肝、難、丹、安が上平一四寒の韻。
○初句〔仄―仄型〕　4句1字目、6句3字目、●を○に作る。7句3・4字目を逆に作る特殊型。
○〔3・4句〕　貧居↑↓勳業。生↑↓顯。傑士↑↓多難。〔5・6句〕耐・雪↑↓經・霜。梅花・麗↑↓楓葉・丹。

《語釈・通釈》

○外甥政直＝妹コトの三男・市来勘六。明治五年アメリカに留学、明治十年、客死した。○唯唯諾＝唯唯諾諾。はいはいと人の意に従うさま。○鐵石肝＝鉄石心腸（肝）。鉄石のように堅固な精神。○天意＝天心。天帝の心。主宰者の意志。○安＝安寧(ねい)。

1対人関係ではただはいはいと人の意に従うことを宗とせよ、
2但し、外柔内剛、そもそも持つべきは鉄壁の信念。
3貧乏な家にすぐれた人物が育ち、
4りっぱな事業は多事多難の中でうちたてられる。

5雪の厳しさに耐えて梅の花は美しく咲き、
6霜の厳しさを経てかえでの葉はあざやかに赤くなる。
7もしそのように自然の摂理をしっかり捉えることができたら、
8どうして平然と個人の安寧をのみ追い求めるようなことをしようか。
・明治五年、アメリカ留学へ出立する甥へ贈った詩。

73 示子弟（一）

子弟に示す（一）

1 平生忠憤氣
2 磅礴滿寰宇
3 自得安心法
4 成敗守吾愚

平生の忠憤の気、
磅礴として寰宇に満たせ。
自得せよ安心の法、
成敗は吾が愚を守るにあり。

《詩形・押韻・平仄式》

○五言絶句
○宇（王矩切、上声七麌の韻）を愚（上平七虞の韻）に錯覚している。
○初句〔平—仄型〕　２句１字目、●を○に作る。４句２・４字目も３句との「反法」を犯した拗体詩。平仄上は失敗作。

《語釈・通釈》

○忠憤＝忠（まごころ）と憤発（精神を奮い起こす）との造語。○磅礴＝広がりはびこるさま。○寰宇＝世界、天地、天下。○自得＝自分で心にさとる。○安心＝①アンシン、安らかな心、心配がないこと。②アンジン、信仰により心を落ちつけること。□仏安心立名（あんじんりゅうめい）（天命をさとり心を安らかにし、生死利害を超越すること）。○成敗＝①セイハイ、成功と失敗、勝ちと負け。②セイバイ、さばき、しおき。○愚＝愚直、ばか正直。

１日ごろから真心を尽し非を見ては発憤する気力を持ち、
２それが天下に遍（あまね）く広がり満ちるように精進すべきだ。
３自分自身で安心立命の精神を身につけ、

4ものごとが成るか成らぬかは頑なまでに己れが愚直を守ることにあるのだ。

(74) 偶成

偶成

1 宇宙由來日赴新
2 數千里外已如隣
3 願知四海同胞意
4 皇道頻敷萬國民

宇宙は由来日に新に赴き、
数千里外已に隣りの如し。
四海同胞の意を知らんと願わば、
皇道を頻りに敷け万国の民に。

《詩形・押韻・平仄式》

○七言絶句
○新、隣、民が上平一一真の韻。
○初句〔仄—平型〕 2句1字目、○を●に作り救拯せず。3・4句各1字目を逆にして二句にわたる救拯。

《語釈・通釈》

○宇宙＝天地四方と古往近来。○四海＝天下。○同胞＝はらから。同じ国の民。○皇道＝天皇の御政道。○敷＝ひろげる。治める。

１われらが世界はもともと日進月歩するものであり、
２今では数千里も隔った国でも隣国のようなものだ。
３天下国家のはらからの気持ちを知ろうと願うなら、
４わが天皇の御政道を万国の人民にたびたび布き及ぼしてみることだ。

◎宇宙、四海、万国などの語を使い、気宇壮大と言えば聞こえはよいが、むしろ大言壮語の感が強く、却って西郷さんらしくない。３句を「願わくは知らん」と訓めば西郷自身が願望する意味だが、４句との釣り合いがとれない。例読を是とすれば、主語が一般人となって極めて説教臭くなり、且つ皇道思想の宣伝句と見紛うことになる。西郷さんがこれほど世界を睥睨した高慢な発想をするだろうか。創作時期とともに、今後、西郷作であることを究明していきたい作品である。

75　示子弟（二）

1 世俗相反處
2 英雄却好親

3 逢難無肯退
4 見利勿全循
5 齊過沽之己
6 同功賣是人
7 平生偏勉力
8 終始可行身

子弟に示す（二）

世俗の相反く処、
英雄却って好親す。
難に逢いては肯えて退くこと無く、
利を見るも全くは循うこと勿かれ。
過ちを斉くして之を己に沽い、
功を同じくして是を人に売れ。
平生偏に力を勉め、
終始身に行うべし。

《詩形・押韻・平仄式・対句の検証》

○五言律詩

○親、循、人、身が上平一一真の韻。

○初句〔仄―仄型〕　8句1字目のみ外した一瑕疵作品。

○〔3・4句〕　逢・難↑↓見・利。無・肯・退↑↓勿・全・循。　〔5・6句〕齊・過↑↓同・功。沽・之・已↑↓賣・是・人。律詩は3・4句と5・6句を必ず対句（①平仄上、②語法上、③語義上ともに対にする）に作らねばならない。本詩は1・2句及び7・8句も対句にして作ってあり（全対格）、完璧な作品である。

《語釈・通釈》

○好親＝親好（押韻のため転倒）。仲のよい間がら。○沽＝買。○行身＝実践躬行（きゅうこう）（自分で実際に行うこと）。

1世間の人々が背を向けていやがるようなことに、

2英雄好漢は逆に親しみ仲よくなろうとする。

3難儀な目にあってもそうそう簡単には引きさがることなく、

4自分に都合のよいことでもやたらに飛びつかないように。

5人と共に過ちをしでかしたら自分一人で責任を買って出、

6人と共にてがらを立ててもその誉れは人に譲れ。
7常日ごろから一層刻苦勉励して、
8たえずわが身に引きつけて実践していく必要がある。
◎陽明学の「知行合一」。「知識と行為とは同一体のもので、真の知は必ず行を伴い、知って行わないのは真の知ではない。」（『伝習録』上）

76 示吉野開墾社同人

吉野開墾社同人に示す

1 身答君恩一死輕
2 常勞筋骨事躬耕
3 誰知農務餘閑際
4 伴豹韜無兒女情

身は君恩に答えて一死軽く、
常に筋骨を労して躬耕を事とす。
誰か知らん農務余閑の際、
豹韜を伴って児女の情無きを。

《詩形・押韻・平仄式》

○七言絶句

○輕、耕、情が下平八庚の韻。

○初句〔仄―平型〕　1句1字目、2・3句3字目、4句5字目、いずれも●を○に作り救拯せず。従って全詩の○対●は18対10。

《語釈・通釈》

○豹韜＝兵法書『六韜（りくとう）』の篇名。

1わが身は天子の御恩に報いるために死をも厭（いと）わない、

2いつも筋骨逞しい身体で農耕作業に励むのだ。

3・4　農作業の暇々には兵法書を携え勉強して女子供のようなひよわな精神など微塵もないことを誰が知ろうか。

・明治九年四月、吉野開墾社に与えたもの（底本）。

77　示子弟（三）

子弟に示す（三）

1 我有千絲髮　　我に千糸の髪有り、

2 毿毿黒於漆　　毿毿として漆よりも黒し。

3 我有一片心　　我に一片の心有り、

4 皓皓白於雪　　皓皓として雪よりも白し。

5 我髮猶可斷　　我が髪は猶断つべきも、

6 我心不可截　　我が心は截るべからず。

《詩形・押韻》

○五言古詩（古詩形式作品は全漢詩中、本作品のみ）

○髪（入声六月）、漆（入声四質）、雪、截（入声九屑）が入声韻での通押。古詩作品は「平仄」は関係ない。

《語釈・通釈》

○毿毿＝房房と髪の毛の長いさま。○皓皓＝明るく潔白なさま。

1私には幾千本もの髪の毛があり、

2房房として漆よりも黒い。

3私には一寸四方の心があり、

4白く汚れないこと雪よりも白い。

5自分の黒髪は断ち切ることができても、

6自分の潔白な心は決して切りとることはできない。

・開墾社の若者たちに与えた茶目っ気たっぷりの古詩作品である。

78　寄村舎寓居諸君子

躳耕將曉初
何用釣虚譽
壟上練筋骨
燈前照讀書
昔時常運甓
今日好揮鋤
更要知眞意
只應非種蔬

村舎に寓居せし諸君子に寄す

躬耕は暁を将て初む、
何ぞ用て虚誉を釣らんや。
壟上　筋骨を練り、
灯前　読書を照らす。
昔時は常に甓を運ぶ、
今日は好し鋤を揮え。
更に真意を知るを要す、
只応に蔬を種うるのみには非ざるべし。

《詩形・押韻・平仄式・対句の検証》

○五言律詩

○初、譽、書、鋤、蔬が上平六魚の韻。

○初句〔平—平型〕　3句3字目、○を●に作る。ために4字目が孤平となる。5・6句各1字目を逆にして二句にわたる救拯。8句1・3字目を逆にして一句内救拯。

○〔3・4句〕　壟上↑↓灯前。練・筋骨↑↓照・讀書。　〔5・6句〕昔時↑↓今日。常・運・甓↑↓好・揮・鋤。

《語釈・通釈》

○村舍＝吉野開墾社の宿舎。○寓居＝仮住まい。○諸君子＝陸軍教導団（下士官）一五〇名といわれる。○壟上＝畑のうね。○4句は語法的にやや難あり。○運甓（ペキ）＝晋の陶侃（とうかん）は閑職にあっても朝夕百個の甓（磚・レンガ）を部屋の内外へ運んで心身を鍛え、一旦有事の際に備えたという（『晋書』陶侃伝）。○種蔬＝野菜を種（う）える。

1農作業は夜明けと共に始めるもの、

2どうしてつまらぬ外聞のよさを求める必要などあろうか。

3日中は畑作業で身体を鍛え、

4夜はともしびの下で読書にいそしむ。
5昔、晋の陶侃は朝夕部屋の内外へ瓦を運んで身体を鍛え有事に備えたということだ、
6今日、諸君は、さあ鋤を振るおう。
7諸君はその上吏に農作業の真意を知らねばならないぞ、
8それは、ただ単に野菜を作るためだけではなく、国家有事に備えて心身を鍛えておくのだということを。

・本詩から西郷は西南の役直前、すでにその「準備」を怠りなく行っていたことがわかる。

79　山中獨樂

山中の独楽

1 山中獨樂有誰爭
2 晩酌無魚芹作羹
3 自隔人聲虛澹極
4 清風明月有餘贏

山中の独楽誰有ってか争わん、
晩酌に魚無く芹を羹と作す。
自ずから人声を隔てて虚澹極まり、
清風明月に余贏有り。

《詩形・押韻・平仄式》

○七言絶句

○爭、羹、贏が下平八庚の韻。

○初句〔平―平型〕　4句3字目「明」には「莫更切」□◦敂韻もある。平仄上完璧作品。

《語釈・通釈》

○羹（コウ）＝肉や野菜を入れた熱い吸いもの。○虚澹＝澹然。静かで安らかなさま。○餘贏＝贏余。あり余るもの。

1山中でのわが楽しみと競いあう人は一人もおるまい、

2「だいやめ」をしても魚がないので野芹を摘んで羹を作る。

3近隣の人声が聞こえるでもなく静かで安らかなことこの上もなく、

4清風や明月を一人占めする余得もある。

80 閑居

閑居（かんきょ）

1 日●日●幽○居○懶●出●門○
2 吟○詩○弄●筆●到●黄○昏○
3 夜◉來○樓◉上●喧○歌○笑●
4 不●管●閑○人○静●裡●魂○

日日（ひび）幽居（ゆうきょ）して門（もん）を出（い）ずるに懶（ものう）く、
詩（し）を吟（ぎん）じ筆（ふで）を弄（ろう）して黄昏（こうこん）に到（いた）る。
夜来楼上（やらいろうじょう）は歌笑（かしょう）喧（かまび）すしきも、
管（かん）せず閑人静裡（かんじんせいり）の魂（たましい）。

《詩形・押韻・平仄式》

○七言絶句
○門、昏、魂が上平十三元の韻。
○初句〔仄—平型〕　3句1・3字目を逆に作り一句内救拯。平仄上は完璧な作品。

《語釈・通釈》

○黄昏＝たそがれ。○弄筆＝筆をもてあそぶ。思うままにたくみに書くこと。○不管＝〈接〉～にかかわらず。○閑人＝ひまな人。○静裡魂＝平静な心境。
1俗世間をのがれて日々静かにくらしていると、つい出無精になり、
2詩作やてならいに日がな一日を過ごし気がつけば夕方だ。
3夜になると湯治場の二階ではドンチャン騒ぎしているが、
4われ関せず、この閑人の心境は至って平穏そのものだ。
◎明治七～九年、下野後の西郷の隠棲生活と安心立命の心境が見事な出来栄えの漢詩の中に余すところなく表現されていると言えよう。

81 賀正

賀正（がしょう）

1 彭祖何希犬馬年
2 不牽塵累握閑權
3 新正祝賀兼人異
4 静誦南華第一篇

彭祖（ほうそ）は何（なん）ぞ希（ねが）わん犬馬（けんば）の年（とし）を、
塵累（じんるい）を牽（ひ）かず閑権（かんけん）を握（にぎ）る。
新正（しんせい）の祝賀（しゅくが）を人（ひと）兼異（とこと）なり、
静（しず）かに誦（しょう）す南華（なんか）の第一篇（だいいっぺん）。

《詩形・押韻・平仄式》

○七言絶句

○年、權、篇が下平一先の韻。

○初句〔仄―平型〕　２句１・３字目、平仄を逆にして一句内での救拯。３・４句は基本型通り。従って本詩も１句１字目のみ基本型に違背した「一瑕疵完整美」作品である。

《語釈・通釈》

○彭祖＝古代、伝説上の長寿の仙人。尭帝の臣下で、殷の末年まで七百年余を生きたとされる。○塵累＝俗世の煩わしい人間関係。○閑權＝ゆったりと心ゆくままに暮らす権利。「閑適」と「握」と押韻の関連で造語したものであろう。○兼＝と。与、及と類義語。○南華第一篇＝『南華真経』（『荘子』の別称）第一巻内篇の逍遙遊第一。

１何百年も生きたという彭祖だが、なにもむやみに犬馬の齢（れい）を重ねることなど願ったはずはなく、２おそらく世俗のわずらわしさに引きずり回されたりせず、悠々自適の日々を過ごす権利を握っていただけなのだ。

3私も新正月のお祝いを普通の人とは異って、
4一人静かに『南華真経』を読み、物我一如、変化してやまぬ異次元の世界で遊ぼうと思う。
◎明治八年正月の作（『全』）。消え失せる寸前の灯明の輝きにも似て、西郷晩年の至福の閑適生活を表出したかけがえのない作品である。

82 温泉寓居近于浴堂放歌亂舞譁雜沓亦甚故閉戸而避其煩焉

温泉の寓居は浴堂に近く放歌乱舞して譁し、雑沓も亦甚し故に戸を閉じて其の煩を避く

1 不關非是任人嗤
2 閉戸先生何所爲
3 朝歩白雲昏發帙
4 休言追鹿素心衰

非是に関らず人の嗤うに任す、
閉戸先生　何の為す所ぞ。
朝に白雲に歩し昏に帙を発く、
言うを休めよ鹿を追うて素心衰うと。

《詩形・押韻・平仄式》

○七言絶句

○嗤、爲、衰が上平四支の韻。

○初句〔平―平型〕　1・3句1・3字目を逆にして一句内救拯。2句5字目、4句3字目、●を○に作り救拯せず。2句6字目は孤仄の禁を犯す。

《語釈・通釈》

○非是＝是と非。正と不正、善と悪。○嗤＝シ、あざわらう。○發帙＝書物を開く。○休言＝休道。言うな。○素心＝素志。日ごろの心構え。年来の希望。○追鹿＝狩猟で鹿を追い回す。もし、この語が［中原逐鹿（中原に鹿を逐う――帝位や政権を争う）］故事を暗喩しているとすればいささか意味深長となる。

1結果としてのことの善し悪しを笑わば笑え、

2この閉じこもり先生に一体何ができるというのか。

3朝早く白雲を踏んで猟に出かけ、夕方には帰宅して読書に耽るのみ、

4鹿を追いかけているうちに素懐が雲散霧消してしまうぞなどと言わないで欲しい。

◎浮かれ騒ぐ周囲を尻目にじっと隠棲しつつも狩猟に出かけて憂さを晴らす――素志本懐を忘れるこ

となく。素志の中味を伺いたいところではある。
・明治二年二月、日当山温泉での作か。

83 温泉寓居作

温泉に寓居しての作

1 柴門斜掩占幽情
2 簷外靜聽溪水聲
3 浴後閑窗煎茶處
4 寒池呑月曉光清

柴門斜めに掩うて幽情を占め、
簷外静かに聴く渓水の声。
浴後の閑窓は茶を煎ずる処、
寒池月を呑んで暁光清し。

《詩形・押韻・平仄式》

○七言絶句
○情、聲、清が下平八庚の韻。

○初句〔平―平型〕　1・4句3字目、2句5字目、●を○に作り救拯せず。2句1・3字目で救拯。3句5・6字目の平仄を逆にした特殊型。○17対●11。

《語釈・通釈》

○柴門＝柴戸。しばで作った門。○掩＝エン。おおう、閉じる。○簷外＝のきば近く。○煎茶＝茶の葉を湯でせんじ出すこと。又、その茶葉。

1湯宿の柴の戸が半分しめたてられてのんびりしたムードを湛(たた)えており、

2のきば近くで静かに谷川のせせらぎを聞く。

3湯に浸かった後は一人静かに窓辺によって茶を沸かして飲み、

4寒々とした池の面に月が映って、暁の光も清々しい。

・明治七年冬、山川の鰻(うなぎ)温泉で静養中の作（底本）。

84 偶成

偶成（ぐうせい）

1 淡雲擁屋毎春暄
2 天沸温泉清不渾
3 静裡幽懐誰識得
4 半窻閑夢入桃源

淡雲（たんうん）屋（おく）を擁（よう）して毎（つね）に春暄（しゅんけん）、
天（てん）　温泉（おんせん）を沸（わ）かし清（きよ）くして渾（にご）らず。
静裡（せいり）の幽懐（ゆうかい）誰（たれ）か識（し）り得（え）ん、
半窓（はんそう）の閑夢（かんむ）　桃源（とうげん）に入（い）る。

《詩形・押韻・平仄式》

○七言絶句
○暄、渾（コン）、源（ゲン）が上平一三元の韻。
○初句〔平―平型〕　1・2句1字目を逆にして二句にわたる救拯。2句5字目、●を○にしたため6字目が孤仄。3句は基本型通り。4句1・3字目を逆にして一句内救拯。

《語釈・通釈》

○淡雲＝あわい白色の雲。湯煙にたとえた。○春暄＝春の暖かさ。○清不渾＝清澄で濁らない。○幽懐＝心の奥深くいだく思い。○閑夢＝のんびりした心境で見る夢。○桃源＝桃源郷。晋の陶潜（淵明）の「桃花源記」に描かれた理想郷。

1 淡(あわ)い湯煙が湯屋を包み込んでいつも春の暖かさ、
2 天が温泉を沸かし湯は澄みきって濁らない。
3 閑静な温泉宿のこの奥深いもの思いを一体誰が知りえようか、
4 半開きの窓にもたれかかりのんびりまどろむ夢はいつの間にやら桃源境に入りこんでいた。

◎長年の疲労と宿痾を癒しつつ、ひなびた温泉にどっぷり浸かり、心身共に夢心地の閑適の時を過す西郷の姿が手に取るように読みとれる。

・明治七年ごろ、鰻温泉での作か。

85 溫泉偶作

温泉にての偶作

1 山間沸泉環屋流
2 浴餘茶味意最優
3 十年清光幽囚裡
4 不管沈痾洗舊愁

山間の沸泉屋を環って流る、
浴余の茶味に意最も優なり。
十年の清光　幽囚の裡、
沈痾に管らず旧愁を洗う。

《詩形・押韻・平仄式》

○七言絶句
○流、優、愁が下平十一尤の韻。
○初句〔仄—平型〕　1・2・3句とも1・3字目を逆にして救拯。2句6字目は〔二六対〕の大原則を犯す。ここは押韻・平仄・意味の上からも「尤優」であるべきところ。

《語釈・通釈》

○沸泉＝湧泉。ここはわき出る温泉。○浴餘＝浴後。○清光＝日月の清らかな光。光はこの時、光。ここは「光陰」の代替か。○幽囚＝捕えられ牢屋にとじこめられる。○沈痾＝ながわずらい。持病。○不管＝前出。〜であろうと関係なく。

1山あいにわき出た温泉は湯宿の回りを流れており、

2湯上りのお茶こそ天下一品の味がする。

3私は十年もの月日を牢獄の中で過ごしたのだが、

4そのための宿痾であろうが気にせずに、こうして湯に浸かって昔の辛い思い出とともに洗い流しているところだ。

◎西郷の「沈痾」はフィラリア症（象皮病）であったらしい。

86　温泉偶作

温泉にて偶作す

解宦悠然慰此躬
追隨造化忘窮通
應知浴後無邊味
穩臥瓶梅花影中

宦を解かれ悠然として此の躬を慰め、
造化に追随して窮通を忘る。
応に知るべし浴後無辺の味、
穏やかに臥す瓶梅花影の中に。

《詩形・押韻・平仄式》

○七言絶句
○躬、通、中が上平一東の韻。
○初句〔仄―平型〕　4句5字目のみが基本平仄式に違背した一瑕疵作品。

《語釈・通釈》

○解宦＝官職を解かれる。○造化＝天地自然。○窮通＝窮達。困窮と栄達。○無邊＝ひろびろとしてはてしない。○一本「味」を「境」に作る。○穩臥＝おだやかに横になる。
1官職を解かれ、今はゆったりと我が身をいたわっており、
2天地自然のはたらきに身も心も委ね、困窮や立身出世などすっかり忘れ去った。
3湯上り後の至福の妙味をわかってもらいたいもの、
4梅の花の挿された花瓶のもとでのびのびと手足を伸ばして横になった、このやすらぎの一時を。
◎この時期の作品は用語が穏やかであると同時に、平仄式も極めて整然と作られていることが見てとれる。

87 溫泉寓居雜吟（三）

1 六月涼風氣似秋
2 携來蕉扇乞歸休
3 今宵暗結瀛洲夢
4 無復蚊聲繞枕頭

温泉に寓居しての雑吟（三）

六月の涼風　気は秋に似たり、
蕉扇を携え来りて帰休を乞う。
今宵　暗に結ばん瀛洲の夢、
復蚊声の枕頭を繞ること無からん。

《**詩形・押韻・平仄式**》

○七言絶句

○秋、休、頭が下平一一尤の韻。

○初句〔仄―平型〕　2句3字目、4句1字目、●を○に作り救拯せず。

《**語釈・通釈**》

○蕉扇＝ばしょうの団扇（うちわ）。○暗＝人知れず。○瀛洲＝中国の東方海上にあり、神仙が住むと考えられた神山。蓬莱山、方丈山と共に三神山。○枕頭の蚊声は意味深長である。

1暑い盛りの六月に吹く涼風は秋の気配を漂わせており、

2暑さしのぎにわざわざ団扇（うちわ）を持って湯宿での休養を求めてやってきた。

3今夜は人知れず仙人の住む神山に遊ぶ夢でもみようか、

4もはや枕辺を蚊がブンブン飛び回ることもないであろうから。

・明治七年（一八七四）夏、霧島白鳥山温泉での作か（底本）。

88 温泉即景（一）

1 官○途○逃◉去●遠●捜○奇○
2 神◉嶺●幽○情○筆●硯●随○
3 誰◉識●浴◉餘○行○樂●處●
4 青○山○高●豁●宿●雲○披○

温泉即景（一）（温泉風景）

官途を逃れ去って遠く奇を捜し、
神嶺の幽情に筆硯を随わしむ。
誰か識らん浴余行楽の処、
青山高豁たりて宿雲を披くを。

《詩形・押韻・平仄式》

○七言絶句
○奇、随、披が上平四支の韻。
○初句〔平—平型〕　1句3字目、2句1字目、●を○に作り救拯せず、3句は1・3字目を逆に作って一句内救拯。

《語釈・通釈》

○幽情＝静かな心情。○筆硯＝筆とすずり。詩文を作ること。○行樂＝山野などに出かけ遊び楽しむこと。○高豁＝高くからっとして広いこと。○披＝ひらく、広げる。

1役人生活を逃れ、遠く大自然の奇観をさがし求めてやって来たが、

2神の宿る山々の奥深い趣を詩文に書き写そうと思う。

3・4　湯浴みのあとの散策に出かけると、前方に青々とした山の峰が周りにたゆとう白雲をおし披（ひら）くかのようににょっきりそびえている景観を、あかず眺めるのを誰も知らない自分だけの秘密の楽しみにしている。

89　溫泉卽景（二）

1 幽居夢覺起茶烟
2 靈境溫泉洗世緣
3 地古山深長若晩
4 不聞人語只看天

温泉即景（二）（温泉風景）

幽居して夢覚むれば茶烟を起こし、
霊境の温泉世縁を洗う。
地は古く山深くして長えに晩の若く、
人語を聞かずして只天を看る。

《詩形・押韻・平仄式》

○七言絶句

○烟、縁、天が下平一先の韻。

○初句〔平─平型〕　4句1・3字目を逆にして救拯。2句1字目のみ基本型を外した一瑕疵作品。

《語釈・通釈》

○世縁＝世（俗）縁。

1明け方、浮世ばなれしたもの静かな山家で結んだ夢から覚めると、すぐさま茶の湯をたて、
2神霊のおわします山奥の温泉につかると、俗世の汚れた縁などどこかへ洗い流されてしまう。
3土地柄はもの古り幽玄な深山はいつも夜のようにほの暗く、
4人声を聞くこともなく、樹々の葉の隙間からただ天だけをのぞき見ることができる。

90　白鳥山温泉寓居雑詠（一）

1 白鳥山頭涼處眠
2 起來神爽煮溪泉
3 瀑聲松籟洗塵耳
4 占斷茅廬一洞天

白鳥山温泉の寓居にての雑詠（一）

白鳥山頭の涼しき処に眠り、
起き来れば神爽やかに渓泉を煮る。
瀑声松籟　塵耳を洗い、
占断す茅廬の一洞天。

《詩形・押韻・平仄式》

○七言絶句

○眠、泉、天が下平一先の韻。

○初句〔仄―平型〕　2・3句1・3字目を逆に作って一句内救拯。1・3句5字目をそれぞれ逆に作ったため全詩は○14対●14。

《語釈・通釈》

○神＝心。精神。○瀑聲松籟＝滝の音、松風の音。○茅廬＝茅ぶきの粗末な家。○茅屋。○洞天＝仙人のいる所。「洞天福地」○塵耳＝平仄を整えるため転倒した。

1白鳥山の麓の涼しい処に湯宿をとって眠った。

2朝、目覚めると気分は爽やか、谷川の水を汲んで茶の湯を沸かす。

3滝の音、松風の音が俗塵に汚れた耳を洗ってくれる。

4粗末な茅ぶきの家を仙人の住む境界にみたてて一人占めしている。

・明治七年（一八七四）、霧島白鳥温泉での作（底本）。

91 白鳥山溫泉寓居雜詠（二）

1 六●月●山堂秋●意●深
2 不●知浮●世●暑●威侵
3 雨●餘溪●響●絕●人語●
4 自●覺●瑤臺近●可●尋

白鳥山温泉の寓居にての雑詠（二）

六月の山堂　秋意深く、
浮世は暑威の侵すを知らず。
雨余の渓響　人語を絶ち、
自から覚ゆ　瑤台近く尋ぬべしと。

《詩形・押韻・平仄式》

○七言絶句
○深、侵、尋が下平一二侵の韻。
○初句〔仄―平型〕　2・3句1・3字目を逆にして一句内救拯。1・3句とも5字目を基本型と逆に作る。ために孤仄、孤平となる。全詩の平仄は○14対●14に戻る。

《語釈・通釈》

○瑤台＝たまのうてな。仙人の住む高殿。

1六月の山荘はすでに秋の深まる気配が漂い、

2下界はさぞかし猛暑がおしよせていることだろう。

3雨上り後の谷川の音は人の話し声を遮り、

4ふと、仙人の住むという高殿を、近く尋ねてみようかという気分になった。

92　溫泉閑居

温泉閑居

1 沈痾洗去點無憂

2 是此歡杯自獻酬

3 歸夢迷飛不知處

4 醒來孤枕曲溪頭

沈痾を洗い去って点かの憂いも無し、

是に此の歓杯を自らに献酬す。

帰夢は迷い飛んで処を知らず、

醒め来れば孤枕しており曲渓の頭に。

《詩形・押韻・平仄式》

○七言絶句

○憂、酬、頭が下平一一尤の韻。

○初句〔平─平型〕 3句1字目、●を○に。5・6字目の平仄を逆にした特殊型。4句1・3字目を逆にして一句内救拯。

《語釈・通釈》

○沈痾＝宿痾。○點＝ほんの少し。○是此＝是以（ここを以て）か。○歡杯＝歡喜の祝杯の造語か。○獻酬＝盃のやりとり。献杯と返杯。○歸夢＝帰心の言い替えか。○曲溪＝渓曲（谷川の曲りかど・隈）の転倒。

1温泉が持病を洗い流して少しも心配しないでよい状態になった。

2そういうわけでよろこびの盃を独りで重ねた。

3家に帰る夢はあちこちに迷い飛んで落ち着くところもなく、

4目覚めてみると谷川の隈に建つ温泉宿に一人で寝ていた。

・明治七年ごろの作か。

93　曉發山驛

曉に山駅を発す

1 前山懸月後山晴
2 遠寺疏鐘雲外聲
3 一帶驛亭人蹟絕
4 晨鷄數叫送行程

前山に月懸かり後山は晴れ、
遠寺の疏鐘雲外の声。
一帯の駅亭に人跡絶え、
晨鶏数叫んで行程を送る。

《詩形・押韻・平仄式》

○七言絶句
○晴、聲、程が下平八庚の韻。
○初句〔平—平型〕　１・３句３字目、２句５字目を逆に作り救拯せず。２句６字目が孤仄となる。

《語釈・通釈》

○山驛＝山あいの宿場。温泉宿街。○疏鐘＝間遠に響く鐘の音。反義語は「乱鐘」。○一帶＝ひとすじ。あたり一面。○驛亭＝宿場。平仄の関係で「駅亭一帯」を転倒した。○晨鷄＝朝を告げる鶏。○數＝しきりに。この時、日本漢字音読は「サク」。○行程＝旅の道すじ、行旅。●

1前方の山には残月がかかり、後方の山は暁光を受け晴れて明るく、
2遠くの寺の間遠につかれる鐘の音が雲の彼方から響いてくる。
3山あいの宿場通りには人影も見えず、
4夜明けを告げる鶏がしきりに鳴いてわが旅立ちを送ってくれる。

・明治七年ごろの作。

94　與友人共來　友人先余而歸　因賦此送之

友人と共に来るに　友人余に先だちて帰る　因って此を賦して之を送る

1 相携相共洗沈痾
2 洗去歸時我未瘥
3 若有朋人來訪在
4 犬聲高處淡烟多

相携え相共に沈痾を洗い、
洗い去って帰る時我未だ瘥えず。
若し朋人ありて来訪する在らば、
犬声高き処　淡烟多しと。

《詩形・押韻・平仄式》

○七言絶句
○痾、瘥、多が下平五歌の韻。
○初句〔平—平型〕　1句「相」には○●両声がある。3句は底本の「若朋人有來訪在」を平仄基本型に従って書き改めた。4句1・3字目を逆に作り一句内救拯。

《語釈・通釈》

○瘥＝いえる。癒は上平七虞の韻。○淡烟＝うすけむり、うすいもや。

1君と連れ立って湯治に来て一緒に持病を洗い流そうとしたところ、
2君が先に帰ることになり、私の病はまだ癒えていなかった。
3もし友人にこの湯治場を訪ねたいという者がいた時は、
4犬の吠え声がしてあわい湯煙がしきりに立ちのぼる山の辺を教えてあげ給え。

95　溫泉寓居待友人來

1 親朋期約過三日
2 相待千般若究鰥
3 烟澹雨疏舊情隔
4 慕心深處稚兒頑

温泉に寓居して友人の来るを待つ

親朋の期約　過ぐること三日、
相待てば千般　究鰥の若し。
烟澹く雨疎にして旧情を隔てしめ、
慕心深き処　稚児の頑なさ。

《詩形・押韻・平仄式》

○七言絶句

○鰥、頑（ガン）が上平一五刪の韻。

○初句〔平―仄型〕　1句3字目、●を○に。3・4句1・3字目を逆に作って救拯。3句は特殊型。

《語釈・通釈》

○期約＝約束。○千般＝千万。いろいろ、さまざま。○究鰥＝鰥は鰥と同じ。貧乏な男やもめ。○澹（タン）＝あわい、うすい。○舊情＝ふるなじみの情愛。○慕心＝慕情。なつかしく思う気持。○稚兒＝稚子。幼児。

1親友と約束した期日がもう三日も過ぎてしまい、

2一日千秋の思いで待ちこがれ万般手につかぬことしがない男やもめのようである。

3薄もやが立ち、小雨もパラついてまるで古なじみを思う気持ちを遠ざけようとするかのよう、

4だが、私の友をなつかしく思う心根は、まるでむずかる幼な児のように頑固なのです。

・明治九年初秋、有村温泉での作か。

96 溫泉途中

温泉への途中

1 百里郵程醉後歌
2 休嗤非昔日經過
3 喜斯春晝遲遲永
4 來往尋花得勝多

百里の郵程醉後の歌、
嗤うを休めよ　昔日の経過に非ざれば。
斯の春昼　遅遅として永く、
来往して花を尋ぬれば勝を得ることの多きを喜ぶ。

《詩形・押韻・平仄式》

○七言絶句
○歌、過、多が下平五歌の韻。
○初句〔仄―平型〕　２句３字目、４句１字目、●を○に作り救拯せず。３句１・３字目を逆にして救拯。

《語釈・通釈》

○百里＝実際は十里ほど。○郵程＝宿場間の距離。○經過＝過去の経歴。○勝＝勝地。景色のよい所。

1十里ほどもある温泉宿への道のりを酒に酔った揚句、歌をうたいながら歩く、

2そんな自分を、昔はあんな風ではなかったとあざ笑うのはやめて欲しい。

3・4　このうららと永い春の日に、あちらこちらと花を尋ねまわり、沢山の景勝地を探し出すのが嬉しいのだから。

97 田獵

田獵（田・獵ともに狩りの意）

1 提銃携獒如政敵　銃を提げ獒を携えて敵を政つが如く、

2 峰頭峰下慇懃覓　峰頭峰下　慇懃に覓む。

3 休嗤追兎老夫勞　嗤うを休めよ　兎を追えば老夫労ると、

4 欲以遊田換運甓　遊田を以て運甓に換えんと欲す。

《詩形・押韻・平仄式》

○七言絶句
○敵(テキ)、覓(ベキ)、甓(ヘキ)が入声一二錫(セキ)の仄声押韻。
○初句〔仄—仄型〕　1句1字目、2句3字目、●を○に作り救拯せず。3句3字目・4句5字目は逆に作り二句にわたる救拯。初句仄終り型（仄声押韻）だから3句末は○声字。4句は下三仄の禁を犯す。

《語釈・通釈》

○政＝底本は「攻」になっているが『全』の頭注により改めた。○慇懃＝ていねい、ねんごろ。○覓＝もとめる。○勞＝つかれる。○遊田＝遊猟。○運甓＝78に既出。

1猟銃を手に犬を従えてあたかも敵を討つように、
2山頂から麓までくまなく獲物を探し求める。
3兎狩など年寄りの冷や水だなどと笑わないで欲しい。
4私は狩猟を陶侃(とうかん)の瓦運びにならって身体の鍛錬の場にしようと思っているのだから。

98 山行

山行（山歩き）

1 驅犬衝雲獨自攀
2 豪然長嘯斷峰間
3 請看世上人心險
4 涉歷艱於山路艱

犬を驅り雲を衝き独り自ら攀り、
豪然として長嘯す断峰の間。
請う看よ　世上人心の険、
渉歴するは山路の艱よりも艱なるを。

《詩形・押韻・平仄式》

○七言絶句
○攀、間、艱が上平一五刪の韻。
○初句〔仄―平型〕　1・3句1字目、4句5字目、逆に作り救拯せず。4句6字目は軽い孤仄の禁を犯す。

《語釈・通釈》

○攀＝登攀。よじのぼる。○豪然＝すぐれて強いさま。○長嘯＝声をのばして詩を吟ずる。○斷峰＝けわしく切りたった峰。絶峰。○渉歴＝わたり歩く。○一句末は一幅に「度萬山（万山を度る）」に作る（底本）と。

1猟犬を駆りたて、雲を衝いて一人で山によじのぼり、

2切り立った峰の間で声はりあげて詩を吟ずる。

3・4　どうかとくと考えて欲しいものだ。人心険悪な世の中をわたるのは険しい山道をわたるより もっと困難なことを。

99 山行

山行

1 山行全勝薬
2 連日與晴期
3 追兎捜栖伏
4 驅獒忘險夷
5 歸來常節食
6 浴後不知疲
7 休道獵遊事
8 只宜少壯時

山行は全く薬に勝り、
連日与に晴れんことを期す。
兎を追いて栖伏を捜し、
獒を駆りて険夷を忘る。
帰り来れば常に食を節し、
浴後は疲れを知らず。
道うを休めよ　猟遊の事、
只少壮の時にのみ宜なりと。

《詩形・押韻・平仄式・対句の検証》

○五言律詩
○期、夷、疲、時が上平四支の韻。
○初句〔平―仄型〕　2・3・8句1字目、それぞれ逆に作り救拯せず。7句1・3字目を逆に作り救拯。但し、ために4字目が孤平となった。
○〔3・4句〕　追・兔←→驅・獒。搜・栖伏←→忘・險夷。　〔5・6句〕歸來←→浴後。常・節・食←→不・知・疲。

《語釈・通釈》

○與＝と、ともに。○期＝約束する。あてにする。○栖伏＝棲息と潜伏の造語。○險夷＝けわしいことと平らなこと。○獵遊＝狩をする。

1山歩きは全く服薬よりも健康によいようだ、
2だから毎日晴れてくれることを期待する。
3兎を追いたててすみかに隠れているのを探し出し、
4猟犬を駆りたてて山の険しさ平坦さを忘れてしまう。
5家に帰って来るといつも節食して体調を整え、

6温泉に浸かったあとでは疲れもとれる。

7・8　狩猟は若く元気な時こそふさわしいなどと言うなかれ。こうして老いてからも最高の趣味と実益を兼ねているのだ。

・明治二、三年、在藩時代の作か。

100　獵中逢雨

猟中雨に逢う

1 携犬捜山百事忘
2 樹陰深処駐鞋芒
3 枕頭何料五更雨
4 遮断遊畋又断腸

犬を携え山を捜せば百事を忘れ、
樹陰深き処に鞋芒を駐む。
枕頭何ぞ料らん五更の雨、
遊畋を遮断すれば又断腸。

《詩形・押韻・平仄式》

○七言絶句

○忘、芒、腸が下平七陽の韻。

○初句〔仄―平型〕　１句１字目、●を○に作り救拯せず。２句１・３字目を逆にして救拯。３・４句１字目、互いに逆に作り二句に渡る救拯。３句３・５字目、逆に作り救拯。但し、６字目孤平の禁を犯す。

《語釈・通釈》

○鞋芒＝芒鞋。押韻のため転倒。わらじ、わらぐつ。○料＝おしはかる。○五更＝午前四時ごろ。○遊畋＝畋猟、狩猟。

１猟犬をお供に獲物を求めて山中をさがし回ると何もかも忘れてしまい、

２奥深い森陰にわらじを脱いで一休みする。

３なんと思いがけず寝屋の枕もとに夜明けの雨が降ってきて、

４狩を続けられなくなったのはまったくいまいましいかぎりだ。

101　寸心違

寸心違う

1 期約何爲寸心違
2 岐途千萬不容尋
3 携來獵犬三秋思
4 明日欲攀雲外岑

期約何為れぞ寸心違う、
岐途は千万容に尋ぬべからず。
携え来りし猟犬も三秋の思い、
明日は雲外の岑に攀じのぼらんと欲す。

《詩形・押韻・平仄式》

○七言絶句
○違（上平五微）は踏み落し。尋、岑が下平一二侵の韻。
○初句〔仄―平型〕で、1・5字目を逆にして救拯しているが、6字目「二六対」の規則を犯す。下三字を「違寸心（侵韻）」にすれば平仄上万事解決し語法上も可となる。1句1・6字目、2句3字目、4句5字目、●を○に作る。4句1・3字目を逆に作り救拯。

《語釈・通釈》

○寸心＝こころ。○岐途＝岐路。わかれ道。○千萬＝必ず、きっと。○三秋思＝一日千秋の思い。○攀＝登攀（トウハン、よじのぼる）。○岑＝シン、みね。高くつき出た山。

1知人と狩猟に出かける約束をしていたが、どういうわけか行き違ってしまい、

2どこでどうすれ違ってしまったかは万が一にも追及すべきではあるまい。

3連れてきた犬どもも一日千秋の思いで出猟を待っているけはい、

4よし、明日は雲の上に聳（そび）える高い山によじ登って、望みを果たすことにしよう。

・1・2句は意味がすっきりしない。

102　獵中逢雨

猟中雨に逢う

1 獵罷荒郊暮色催
2 憑笻九坂獨徘徊
3 雲霧圍山行路急
4 雨帶狂風捲地來

猟を罷め荒郊に暮色催すとき、
笻に憑りて九坂を独り徘徊す。
雲霧山を囲み行路急に、
雨は狂風を帯びて地を捲きて来れり。

《詩形・押韻・平仄式》

○七言絶句

○催、徊、來が上平一〇灰の韻。

○初句〔仄―平型〕　3句4・6字目が「二四不同二六対」の規則を犯した拗体作品。○4句は平仄の都合で上四字を転倒。3句「霧」には去声、「圍」には平声の音もある。

《語釈・通釈》

○獵罷＝猟に罷れてとも訓める。○荒郊＝荒土郊外。○暮色＝夕ぐれの気配。○催＝迫る。○憑笻＝竹の杖によりかかる。○九坂＝九十九折の坂路。○徘徊＝さまよい歩く。○急＝せっぱつまる。○捲地＝捲土重来。土を巻きあげるような勢いで再来すること。

1猟を終え帰る途中の荒れ野に夕暮れが迫り、

2竹の杖にすがって曲りくねった山路を一人さまよい歩く。

3雨雲が山をとり囲み帰路をせかせると思いきや、

4雨を伴った強い風が土を巻きあげるかのような勢いで吹いてきた。

103　獵中逢雨

獵中雨に逢う

1 山行連日不知疲
2 寂寞茅檐陰雨時
3 群犬慰労眠正熟
4 獨因閒榻懶吟詩

山行は連日疲れを知らず、
寂寞たり茅檐　陰雨の時。
群犬労を慰さめ眠り正に熟し、
独り閑榻に因れば詩を吟ずるも懶し。

《詩形・押韻・平仄式》

○七言絶句

○疲、時、詩が上平四支で押韻。

○初句〔平―平型〕　1・2句の3・5字目、●を○に作る。3・4句各1・3字目を逆に作って救拯。

《語釈・通釈・補注》

○寂寞＝ひっそりしてものさびしいさま。○茅檐＝かやぶきの軒場。○陰雨＝雨天。○慰労＝ほねおりをなぐさめねぎらう。○閒榻＝置きっぱなしの長椅子。○懶＝おこたる、ものぐさなさま。
1山歩きは何日続けてもたいして疲れを感じるものではないが、
2あばら家にしとしと雨が降り続いてものさびしい。
3犬どもは日頃の疲れをいやしてぐっすり寝込んでいて、
4私は一人長椅子に横になり漢詩を吟じる気にもなれないでいる。

104 連雨遮獵

連雨獵を遮る

1 山窻冷榻無他腸
2 看指群峰入醉鄉
3 疾雨連朝羈獵犬
4 蕭蕭寒景帶愁長

山窓の冷榻にありて他腸なし、
群峰を看指して酔郷に入る。
疾雨朝に連なり猟犬を羈ぐ、
蕭蕭たる寒景愁いを帯びて長し。

《詩形・押韻・平仄式》

○七言絶句

○腸、郷、長が下平七陽の韻。

○初句〔平―平型〕　１句５字目、４句３字目、●を○に作る。１句は「下三平」を犯す。

《語釈・通釈》

○山窗＝山小屋の窓。○冷榻＝冷たい長椅子。○他腸＝他の思い。○看指＝指さし見る。○酔郷＝酔った境地。○疾雨＝はげしい雨。○連朝＝毎朝。○羈（キ）＝つなぎとめる。○蕭蕭＝ものさびしいさま。○寒景＝冬景色。

１山小屋の窓際に置かれた冷たい長椅子に坐りながら、思うのは他でもなく狩のことばかりで、

２この次はあの山この山と指さしつつ見て盃を口にするうち酔いが回ってきた。

３毎日どしゃぶりの雨で猟犬も繋ぎとめたまま、

４ものさびしい冬景色がうれいを帯びてたたなづいている。

105 游獵

游猟（ゆうりょう）

1 老夫游獵慰殘生
2 狂矣癡乎踏雪行
3 獲兎悠然兼犬憩
4 寒松挺翠暮雲横

老夫（ろうふ）游猟（ゆうりょう）して残生（ざんせい）を慰（なぐさ）め、
狂（くる）いたるか痴（し）れたるか雪（ゆき）を踏（ふ）んで行（ゆ）く。
兎（うさぎ）を獲（え）て悠然（ゆうぜん）犬（いぬ）と兼（とも）に憩（いこ）えば、
寒松（かんしょう）翠（みどり）を挺（ぬき）んでしめ暮雲（ぼうん）横（よこ）たわる。

《詩形・押韻・平仄式》

○七言絶句
○生、行、横が下平八庚の韻。
○初句〔平―平型〕　1句1・3字を逆に作り一句内救拯。2句1字目のみ基本型に違う一瑕疵作品。

《語釈・通釈》

○矣・乎＝強め・疑問の助字。○兼＝かねる。ともに。○挺＝他よりすぐれる。

1いい年寄りが狩りで余生を慰めようと、
2馬鹿になったか気が狂ったか雪を踏んで山へ出かける。
3兎を捕えてゆったり犬と休んでいると、
4冬山に松の緑が一きわぬきんでて、梢には夕暮れの雲がたなびいていた。
・明治八年正月ごろの作か。

106 **游獵**

游猟（ゆうりょう）

1 老夫追兎豈唯狂
2 嗜殺勿言心是狼
3 田婦迎來何所喜
4 除他民害麥花香

老夫（ろうふ）兎（うさぎ）を追（お）うは豈唯狂（あにただきょう）のみならんや、
嗜殺（しさつ）を言（い）う勿（なか）れ心（こころ）は是（こ）れ狼（おおかみ）と。
田婦迎（でんぷむか）え来（きた）るは何（なん）の喜（よろこ）ぶ所（ところ）ぞ、
他（か）の民害（みんがい）を除（のぞ）いて麦花香（ばっかかん）ばしければなり。

《詩形・押韻・平仄式》

○七言絶句

○狂、狼、香が下平七陽の韻。

○初句〔平―平型〕　1句1・3字、2句3・5字で一句内救拯。3句1字目、4句3字目、●を○に作り救拯せず。2句6字目は軽い孤仄の禁を犯す。

《語釈・通釈》

○嗜殺＝殺生（せっしょう）を好む。○除民害＝次詩参照。

1年よりが兎を追いまわすのはどうして単に熱狂者（マニア）の所業とばかり言えようか、

2殺生を好むのは狼のような心の現れなどと言ってはいけない。

3猟に出ると農家の主婦がいそいそと迎えてくれるのは何を喜んでのことであろう、

4それは農民の被害を取り除き麦の穂が芳しく豊かに実るからである。

107 田獵

田猟（でんりょう）

1 驅兎穿林忘苦辛
2 平生分食犬能馴
3 昔時田獵有三義
4 勿道荒耽第一人

兎（うさぎ）を駆（か）り林（はやし）を穿（うが）ちて苦辛（くしん）を忘（わす）れ、
平生（へいぜい）食（しょく）を分（わ）かてば犬（いぬ）も能（よ）く馴（な）る。
昔時（せきじ）の田猟（でんりょう）に三義（さんぎ）有（あ）り、
道（い）う勿（なか）れ荒耽（こうたん）の第一人（だいいちにん）と。

《詩形・押韻・平仄式》

○七言絶句
○辛、馴、人が上平一一真の韻。
○初句〔仄―平型〕 1句1字目、2句3字目、●を○に作り救拯せず。3句1・3字で一句内救拯。5字目、○を●に作る。

《語釈・通釈》

○田獵＝田も猟も狩りのこと。○穿林＝林をくぐりぬける。○苦辛＝押韻のため辛苦を転倒。○田獵三義＝（1）宗廟に供えるため。（2）兵行を教習するため。（3）作物の害を除くため。○荒耽＝酒色にふけりすさんだ生活をすること。ここはマニア。

1兎を追い、林をくぐり抜けて走り回るうちに辛さも忘れ、

2いつも食べ物を分け与えているので、犬もよく馴れきわけがよい。

3昔から狩りには三つの意義があるといわれている、

4そんな狩を楽しむ私を狩道楽の第一人者などと言わないでほしい。

・明治九年一月、大隈山での作か。

108　偶成

偶成（ぐうせい）

1 朝市無由謝俗縁
2 穿林驅兎便悠然
3 前身疑是山中客
4 一劍誤來世上邊

朝市（ちょうし）由（よし）無（な）し俗縁（ぞくえん）を謝（しゃ）するに、
林（はやし）を穿（うが）ち兎（うさぎ）を駆（か）れば便（すなわ）ち悠然（ゆうぜん）。
前身（ぜんしん）疑（うたご）うらくは是（こ）れ山中（さんちゅう）の客（きゃく）、
一剣（いっけん）誤（あやま）って来（きた）れり世上（せじょう）の辺（ほとり）に。

《詩形・押韻・平仄式》

○七言絶句
○縁、然、邊が下平一先の韻。
○初句〔仄―平型〕　1句1字目、2句3字目、●を○に作り救拯せず。3・4句3字目、互いに逆にして二句にわたる救拯。

《語釈・通釈》

○朝市＝市朝。町なか。○謝＝去る。捨てる。○便＝とりもなおさず。○前身＝前世の身分。○山中客＝山客（山中に住む人）。ここは山獣、山毛（山中のけもの）を言うか。○一劍＝一刀、一ふりの刀（を身に帯びた人間）。○世上＝世の中、世間。

1町中に暮らしていては俗世の因縁を断ち切るわけにいかないが、
2林をくぐり抜け兎を追い回しているとすぐにゆったりした気分になる。
3前世の自分はどうやら山中に住む動物ではなかったかと思われる、
4それが何かの間違いで一劍を腰に帯びた人間としてこの世の隅に舞い戻ってきたのではないだろうか。

・明治四年春の作か。

109　八幡公

八幡公(はちまんこう)

1　數年征戰不謀功
2　自作干城膽滿躬
3　更憶微行花巷夜
4　悠然一睡壓兇雄

数年(すうねん)の征戦(せいせん)功(こう)を謀(はか)らず、
自(みずか)ら干城(かんじょう)と作(な)って胆躬(たんみ)に満(み)てり。
更(さら)に憶(おも)う微行(びこう)せし花巷(かこう)の夜(よ)、
悠然(ゆうぜん)として一睡(いっすい)し兇雄(きょうゆう)を圧(あっ)せしを。

《詩形・押韻・平仄式》

○七言絶句
○功、躬、雄が上平一東の韻。
○初句〔平―平型〕　１句１・３字を逆に作り一句内救拯。平仄上は完璧な作品。

《語釈・通釈》

○八幡公＝陸奥守、源義家（一〇三八〜一一〇六）。源頼義の長子。九代目孫が足利尊氏。武士の棟梁として智勇の誉れ高く、麾下（きか）に対する温情の厚さなどから、「天下第一武勇之士」と称えられた。〇征戰＝征伐して戦う。〇干城＝君主の干（たて）となり城（しろ）となって外を防ぎ内を守ること。〇微行＝おしのび。〇花巷＝花街。いろざと。

１武士の長者源義家は度々の征討戦で数々の手柄を立てたが個人的功名など思いめぐらさず、

２自ら盾となり城となって朝廷を守り、全身これ肝っ玉という武勇の士であった。

３京都のいろまちでお忍びで遊んだ夜のこと、

４同道した敵の降将安倍宗任（あべのむねとう）の前で悠揚迫らず一眠りして、その心胆を寒からしめたという話も残るそうな。

・明治二年作。

110 平重盛

平重盛（たいらのしげもり）

1 闔門榮顯肆猖狂
2 狼虎群中守五常
3 忠孝兩全誰不感
4 史編留得德華香

闔門（こうもん）の栄顕（えいけん）　猖狂（しょうきょう）を肆（ほしいまま）にし、
狼虎（ろうこ）の群中（ぐんちゅう）　五常（ごじょう）を守（まも）る。
忠孝両（ちゅうこうふた）つながら全（まった）きを誰（たれ）か感（かん）ぜざらん、
史編留（しへんとど）め得（え）たり徳華（とくか）の香（かお）り。

《詩形・押韻・平仄式》

○七言絶句
○狂、常、香が下平七陽の韻。
○初句〔平─平型〕　1・3・4句それぞれ1・3字を逆にして一句内救拯。2句1字目、●を○に作って救拯せず。一瑕疵作品。

《語釈・通釈》

○平重盛＝平清盛の長子［保延四（一一二八）〜治承三（一一七九）］。後白河法皇を幽閉しようとした清盛を、「忠ならんとすれば孝ならず、孝ならんとすれば忠ならず」とくどいて法皇を救った道理をわきまえた人物として伝わる。

○闔門＝一門残らず。○榮顯＝顕栄。身が栄え名があらわれる。○猖狂＝たけりくるう。○狼虎＝虎狼。平仄の関係で転倒。○五常＝仁義礼智信。人が常に身につけ実行すべき五つの徳。○史編＝『平家物語』『梅松論（ばいしょうろん）』など。

1平家一門の栄耀栄華はまるで気狂いざたであったが、

2その虎狼の如き者たちの中で平重盛は五常の人倫道を守った人であった。

3忠と孝の二つともを全うしたその人格の高さに感服しないものはいないわけで、

4史書にもその高徳が香り高く書き記されている。

111 詠史

詠史（歴史を詠む）

1 莫道風雲際會難

2 金剛山下臥龍蟠

3 天皇一夜蒙塵夢

4 南木繁邊御枕安

道う莫かれ風雲際会し難しと、

金剛山下臥竜蟠る。

天皇一夜　蒙塵の夢、

南木繁き辺り御枕安らかなり。

《詩形・押韻・平仄式》

○七言絶句

○難、蟠、安が上平一四寒の韻。

○初句〔仄—平型〕　2句3字目、4句1字目、●を○に作り救拯せず。

《語釈・通釈》

○風雲＝竜が雲に乗り、虎が風を従えているように、英雄豪傑が名君や時変に際会し頭角をあらわすような気運。又、世の乱れのたとえ。○際會＝出会う。二者が偶然に出会うこと。○金剛山＝険阻な中腹に楠木正成が千早（ちはや）城を築き、千人にたらぬ小勢で三万の幕府軍を撃退したという。○臥龍＝寝ている竜。まだ雲雨を得ないため天に昇れずひそみ隠れている竜。ここは楠公をさす。○蟠＝蟠居（ばんきょ）（とぐろを巻いてうずくまる）。○天皇＝後醍醐天皇。○蒙塵＝天子が変事のために都の外へ身をのがれること。○南木＝河内国（かわちのくに）赤坂に本拠地を持つ「悪党」の棟梁、楠木正成（くすのきまさしげ）。出身については諸説がある。「楠木」とかけたか。

1竜が雲を得、虎が風を得るようには明主と賢臣が出合うことは難しいなどと言ってはなるまい、

2金剛山の麓には臥竜が潜んでいた。

3後醍醐天皇は都落ちしたある夜夢を見て、

4南方の木の繁ったあたり、楠木正成の庇護のもと、枕を高くして眠ったのである。

112 題楠公圖

楠公の図に題す

1 奇策明籌不可謨
2 自勤王事是眞儒
3 懷君一死七生語
4 抱此忠魂今在無

奇策明籌謨るべからず、
自ら王事に勤むるは是れ真儒。
君が一死七生の語を懐う、
此の忠魂を抱くもの今在りや無しや。

《詩形・押韻・平仄式》

○七言絶句
○謨、儒、無が上平七虞の韻。
○初句〔仄―平型〕　1句1字目、●を○に作り救拯せず。2句1・3字を逆に作り一句内救拯。3・4句5字目、互いに逆に作り二句にわたる救拯。但し、各6字目は、孤平・孤仄の禁を犯す。

《語釈・通釈》

○奇策＝奇計。人の意表をついたはかりごと。○明籌＝すぐれた計画・策略をめぐらすこと。○謨＝はかりごと、くわだて。○王事＝帝王の事業。帝王の命ずる労役。○忠魂＝忠義にあふれた心。忠魂義胆。

1楠公の奇抜な戦法、すぐれたはかりごと「楠木流兵法」は常人にはくわだてることはできず、

2自ら勤王にはげんだのはまさしく真の儒者というもの。

3公が自刃の際「一たび死んでも七たび生き返り、賊を滅ぼそう」と言い残したことばを思うにつけ、

4このような真の忠誠心を抱いている者が、はたして今の世にいるだろうか。

・3句1字目、『遺訓』は「憶」になっている。

113 櫻井驛圖贊

桜井の駅の図賛

1 慇懃遺訓涙盈顔
2 千載芳名在此間
3 花謝花開櫻井驛
4 幽香猶逗舊南山

慇懃たる遺訓　涙顔に盈つ、
千載の芳名此の間に在り。
花謝み花開く桜井の駅、
幽香　猶逗る旧南山。

《詩形・押韻・平仄式》

○七言絶句
○顔、間、山が上平一五刪の韻。
○初句〔平―平型〕　2・3句1字目、4句3字目、●を○に作り救拯せず。

《語釈・通釈》

○慇懃＝ていねい、ねんごろ。○花謝＝花が凋謝（かれてしぼむ）。○逗＝逗留（とどまる、とどめる）。

1大楠公は満面涙に濡れながら我が子正行（時に一一才）に懇々と言い遺しており、
2楠木一族の千年のちまで朽ちることのない芳しい誉れはこの時の様子にこめられている。
3年年歳歳花咲き花散る桜井の宿場に、
4大楠公と小楠公の忠義・忠孝の桜の花の奥ゆかしい香りは、今もなお南朝の旧都吉野山に留まり漂っている。

◎明治五年（一八七二）菊池容斎の画に題した詩（底本）。

・明治五年、東京での作。

114　高徳行宮題詩圖

高徳、行宮に詩を題するの図

1 吁嗟雖莫范蠡功
2 先命投機志氣雄
3 十字血痕花色在
4 龍顔一笑認孤忠

吁嗟　范蠡の功莫しと雖も、
命に先んじ機に投ずる志気雄なり。
十字の血痕に花の色在り、
竜顔一笑　孤忠を認めたまう。

《詩形・押韻・平仄式》

○七言絶句

○功、雄、忠が上平一東の韻。

○初句〔平―平型〕　1・3句3字目、2句1字目、基本型と逆に作り救拯せず。

《語釈・通釈》

○高徳＝備前の国、児島高徳。一三三二年三月、隠岐へ遠流になる後醍醐天皇を兵庫の加古川と美作の間で待ち伏せし奪取しようと図ったが果せず、院荘の宿所（行宮）の庭に忍びこみ、桜の幹に「天莫空勾践、時非無范蠡（天、勾践を空しうすること莫かれ、時に范蠡無きにしも非ず）」と墨書して去った。やがて天皇はこのことを聞きおよび、まだひそかに心を寄せる者がいることを知って会心の笑みをもらした。――『太平記』に記されるこの話はかなり現実性に乏しいといわれる。

・春秋時代、越王勾践（?～前四六五）は呉王夫差と戦って大敗したが、范蠡を用いて呉を破り、「会稽の恥」を雪いだ。一詩＝「天帝よ、越王勾践（後醍醐天皇）をなりゆき任せでないがしろにしてはならないぞ。時には范蠡（児島高徳）のような忠臣が補佐役を買って出ないとも限らないのだから」

1ああ、范蠡ほどの手柄はたてられないとしても、

2勅命を待たずに忠勤の機会をとらえた意気込みは雄々しく勇ましい。
3墨痕鮮やかな十文字の中に、忠義の花の色が表れており、
4後醍醐天皇は後にこれをご覧になり、人知れず忠誠を捧げた下臣の存在をお認めになってにっこり微笑まれたのだった。

115　詠恩地左近

恩地左近を詠ず

1 一戦貪生非懼死
2 名分大義莫間然
3 幾回挫計寒奸膽
4 成敗不論高節堅

一戦生を貪るは死を懼るるに非ず、
名分大義間然する莫し。
幾回か計を挫いて奸胆を寒からしむ、
成敗は論ぜず高節堅し。

《詩形・押韻・平仄式》

○七言絶句

○然、堅が下平一先の韻。

○初句〔仄―仄型〕　3句の「幾」、4句の「高」には○●共にある。4句1・3字を逆にして一句内救拯。

《語釈・通釈》

○恩地左近＝楠木正成の家来。楠公の命で一子正行（まさつら）を河内へ帯同した。○閒然＝欠点を指摘して非難すること。○成敗＝成功と失敗、勝つことと負けること。

1恩地左近が湊川（みなとがわ）の一戦に加わらず命を惜しむかに見えたが、これは決して死を恐れたからではない。

2大義名分から言っていささかも非難さるべきものはない。

3何度も敵の計略をうち砕いて奸賊どもの心胆を寒からしめた。

4事の成る成らぬは論ずる必要はない。彼こそは節操の堅い忠義の武士だったのだ。

116　題高山先生遇山賊圖

高山先生山賊に遇う図に題す

1 精忠純孝冠群倫
2 豪傑風姿畫難眞
3 小盜膽驚何足恠
4 回天創業是斯人

精忠純孝群倫に冠たり、
豪傑の風姿は画くとも真なり難し。
小盗の胆を驚かしむること何ぞ怪しむに足りん、
回天の創業は是れ斯の人。

《詩形・押韻・平仄式》

○七言絶句

○倫、眞、人が上平一一真の韻。

○初句〔平―平型〕　1・3句3字目、2句1字目、基本型と逆に作り救拯せず。

《語釈・通釈》

○高山彦九郎（一七四七～一七九三）＝江戸中期の勤王家。上野国新田郡生まれ。少年の頃から勤王の志をいだき、諸藩を回って勤王主義を説く。幕府に圧迫されて久留米で自刃。林子平・蒲生君平とともに寛政の三奇人。○精忠＝主君に対しまじりけのない忠義を尽くす。○純孝＝親に対しまじりけのない孝行を尽くす。○冠＝トップに立つ。○群倫＝多くの仲間。○回天＝廻天。困難な状況を変えること。○創業＝国家の基礎を作りはじめる。

1高山彦九郎先生は多くの偉人の中でも正真正銘のとびぬけた忠孝の士であったが、

2そもそも豪傑の姿かたちはそっくりそのまま画に写し出すのは難しい。

3しかし、真に迫ったこの画から、小盗人（ぬすっと）が先生のご威風に接して度肝を抜かれた状況と見て何の不思議があろうか、

4国の運命を変え基礎を固める大業の先頭に立ったのは、まさに高山先生この人なのだ。

◎明治四年冬、菊池容斎八十八歳の画賛詩（底本）。

117 詠史

詠史（えいし）

1 世間多少失天眞
2 貧富廉貪未了因
3 請看摘薇夷叔操
4 貴於値十五城珍

世間（せけん）は多少（いかほど）ぞ天真（てんしん）を失（うしな）う、
貧富廉貪（ひんぷれんたん）未（いま）だ因（もと）を了（あきらか）にせず。
請（こ）う看（み）よ　薇（わらび）を摘（つ）みし夷叔（いしゅく）の操（みさお）を、
十五城（じゅうごじょう）に値（あたい）せし珍（ちん）よりも貴（たっと）し。

《詩形・押韻・平仄式》

○七言絶句
○眞、因、珍が上平一一真の韻。
○初句〔平―平型〕　1句1・3字目を基本型と逆に作り救拯。2・4句1字目、3句3字目も逆に作ったまま救拯せず。

《語釈・通釈》

○多少＝（1）多寡、多さ。（2）多い。（3）どのくらい。（4）少し。○天眞＝天から与えられた純粋の性。生まれつきの本性。○廉貪＝清廉、清く正しくつつましい。貪欲、欲が深い。○了因＝原因をはっきりさとる。○夷叔＝伯夷と叔斉。殷末周初（前一二世紀）の人。殷の孤竹君の二子。孤竹君は次男の叔斉を跡継ぎにせよと遺言したが、叔斉は兄をさしおいて継げないと拒否した。伯夷は父の意向だからと互いに譲り合い、二人とも国を去った。のち、二人は殷の紂王を武力征伐しようとした周の武王の轡を抑えて止めようとしたがきかれず、首陽山に隠れ住み、周の国の粟を食べるのを潔しとせず餓死した。○十五城珍＝戦国時代、趙の恵文王は「和氏の璧」を入手したが、秦の昭王が十五城と交換したいというので藺相如を使いに立てた。相如はだまし取ろうとする昭王の意図を見抜き、玉を全うして帰った（「完璧」の由来）。○於＝比較を表わす助字。○珍＝上等の宝石。珍宝。

1世の中のいったいどれほどの人々が人間の純粋な本性を失ってしまっているだろうか、

2貧乏人と金持ち、無欲とよくばりなど人間の欲望の根源はまだはっきりと解き明かされていない。

3どうかよく見てほしい。伯夷叔斉の兄弟が周の粟を食むことを潔しとせず、薇を摘んで遂に餓死した清廉潔白の節操を。

4それは十五の城に匹敵したという和氏の璧よりも値打ちのあることなのだ。

118 讀田單傳

田単伝を読む

1 連子豫知攻狄時
2 九旬不下力能支
3 由來身貴素懷鑠
4 吝死長遭兒女嗤

連子予め知る狄を攻むる時、
九旬下らず力能く支うるを。
由来身貴ければ素懐鑠け、
死を吝しみて長えに児女の嗤いに遭う。

《詩形・押韻・平仄式》

○七言絶句
○時、支、嗤が上平四支の韻。
○初句〔仄―平型〕　1・2句1字目、互いに逆に作り二句にわたる救拯。1句3・5字目は逆にして一句内救拯。3句3・5字目を逆にして一句内救拯。4句5字目は逆に作り救拯せず。6字目孤仄。

《語釈・通釈》

○田單＝戦国時代、斉の臨淄の人。燕の昭王が楽毅将軍に斉を伐たせた時、斉は莒と田単を将軍とする即墨のみ下らなかった。〔田単火牛〕の故事がある。○連子＝魯仲連、戦国時代、斉の賢人。田単を援け、燕との軍事紛争解決に活躍した。又、趙の亡国の危機を救った。高節を持し、任官せず海上に隠れて終った。○攻狄＝「斉田単攻聊城歳余、士卒多死而聊城不下（斉の田単聊城を攻むること歳余、士卒多く死するも聊城下らず）」『史記』八十三、魯仲連列伝が典拠か。○由來＝よって来たるところ。元来。○鑠＝とけてなくなる。○吝＝ものおしみする。○嗤＝さげすみ笑う。○遭兒女嗤＝典拠未詳。おそらく稗史の書によるものであろう。

1斉の賢人・魯仲連は斉の名将田単が燕の狄城を攻める時、予知していた、
2狄城は九十日間よく城を守って降伏などしないことを。
3昔から言われるように、人間は位人臣を極めると素志が弛み、
4命を惜しみ死を恐れるようになって、後世まで女子供にさえさげすみ笑われることになるのだと。

・明治二、三年ごろの作。

119 題韓信出胯下圖

韓信胯下より出ずる図に題す

1 盛名令終少
2 功遂竟淪亡
3 怪底胯間志
4 封王忽自忘

盛名あるも終りを令くすること少なく、
功遂ぐれば竟に淪亡す。
怪底 胯間の志、
王に封ぜられて忽ち自から忘るるを。

《詩形・押韻・平仄式》

○五言絶句
○亡、忘が下平七陽の韻。
○初句〔平―仄型〕 1・2句1字目は互いに逆に作り二句にわたる救拯。1句4字目の「終」は「二四不同」の原則を犯した拗体作品。

《語釈・通釈》

○韓信＝漢（?～前一九六）、淮陰（江蘇省）の人。高祖の天下平定に数々の功績をあげた。張良・蕭何とともに三傑。項羽軍滅亡のあと楚王となったが、のち淮陰侯におとされ、さらに呂后の謀略にあって殺された。○令終＝物事の終り方をりっぱにする。○淪亡＝ほろびる。○怪底＝怪的（得）とみる。不思議に思う。○胯間志＝韓信の股くぐり。淮陰の無頼の徒に侮辱された韓信は隠忍自重して命令通りにその股の下をくぐった。

1一世を風靡する高名を馳せても終りを全うすることはまれなようで、

2手柄を立ててしまえば結局は滅びてしまうものなのだ。

3それにしても不思議でならないのは、若い頃無頼の徒の股をくぐって屈辱に耐えた韓信の志は、

4王侯に取りたてられた途端、たちまちのうちに忘れ去ってしまったのはどうしたことなのだろう。

・明治三年（一八七〇）、西郷四十四才ごろ、菊池容斎の画に題し（書きつけ）たもの（底本）。

120 題子房圖

子房の図に題す（画賛詩）

1 守哲無如鈍　哲を守るは鈍に如くは無く、
2 風容似女僊　風容は女仙に似たり。
3 胸中何物在　胸中に何物か在る、
4 圯下枕書眠　圯下に書を枕として眠る。

《詩形・押韻・平仄式》

○五言絶句

○僊、眠が下平一先の韻。

○初句〔仄―仄型〕　4句1字目のみ基本平仄式に違う一瑕疵作品。

《語釈・通釈》

○子房＝漢の張良。もと韓の臣であった張良は秦の始皇帝が韓を滅ぼした後、仇を報いんと百二十斤の鉄椎（てっつい）を作り、博浪沙で始皇帝を狙撃したが失敗。厳しい犯人探索を逃れ、姓名を変えて下邳（かひ）に隠れた。その後、漢の高祖劉邦が兵を起こすと側近の臣となり種々献策した。蜀の桟道を焼き払い、漢王が再び巴蜀の地を出ないことを装った「張良焼桟（張良桟を焼く）」など。遂に項羽を滅ぼして漢の天下を定めしめた。〇圯下書＝圯橋（どばし）の書。張良が土橋の上で黄石公から与えられたという太公望の兵法書。

1明哲保身で世すぎするには愚鈍を装うにこしたことはなかろう、

2この絵に画かれた張良の風貌はまるで女仙人のようである。

3いったい胸の中では何事を考えているのか、

4下邳の土橋の下で圯上の老人から貰った兵法書を枕に気持ちよさそうに眠っている。

・明治三、四年ごろの作。

121　今年廢太陰暦　而太陽暦以臘三日爲一月一日　但田間荒遐仍以舊暦賀正　此朝雪　有詩

今年太陰暦を廢し　而して太陽暦は臘三日を以て一月一日と為す　但田間荒遐は仍旧暦を以て正を賀す　此の朝雪ふる　詩有り

1 舊來今日好新正　　旧来今日は好き新正、
2 陽曆如何及楚荊　　陽暦如何ぞ楚荊に及ばん。
3 雪掲瑞年家寶老　　雪は瑞年を掲げて家宝老い、
4 村童殊更在歡聲　　村童殊更に歓声に在り。

《詩形・押韻・平仄式》

○七言絶句

○正、荊、聲が下平八庚の韻。

○初句〔平―平型〕　1句1・3字を逆にして一句内救拯。3・4句各3字目を逆にして二句にわたる救拯。2句1字目のみが基本平仄式に違背した一瑕疵作品。

《語釈・通釈》

○今年以下＝明治政府は明治五年十一月九日、太陽暦を採用、明治五年十二月三日は明治六年一月一日になった。○荒遐＝遠い果ての土地。田舎（いなか）のこと。○楚荊＝共に楚の国のこと。「田舎」の代名詞となる。

○家寶＝家のたから。

1旧暦でいえば今日はめでたい正月元旦であるが、

2新しい太陽暦はどうして田舎の百姓家に行きわたろうか。

3今日は又豊年を約束する前兆のめでたい雪が降った。じいさん、ばあさんは老け込（ふ）んで閉じこもっているが、

4村の子供達はとりわけ甲高（かんだか）い喜びの声のなかで遊びたわむれている。

122 辛未元日

辛未元日

1 楳花催淑氣
2 微暖放春晴
3 風斂鶯將語
4 霞輕柳未萌
5 迎新先賀壽
6 破臘乍開正
7 童僕飛鳶戲
8 悠悠雲外鳴

楳花淑気を催し、
微暖春晴に放たる。
風斂って鶯将に語らんとし、
霞軽くして柳未だ萌えず。
新を迎えて先ず寿を賀し、
臘を破って乍ち正を開く。
童僕は鳶を飛ばして戯れ、
悠悠雲外に鳴る。

《詩形・押韻・平仄式・対句の検証》

○五言律詩

○晴、萌、正、鳴が下平八庚の韻。

○初句〔平―仄型〕　2・7句1字目、8句3字目を逆に作り救拯せず。5字目は孤仄。

○〔3・4句〕風・斂↑↓霞・輕。鶯・將・語↑↓柳・未・萌。〔5・6句〕迎・新↑↓破・臘。先・賀・壽↑↓乍・開・正。

《語釈・通釈》

○辛未＝かのとひつじ。明治四年（一八七一）。○楳＝梅。○淑氣＝春のなごやかな気配。○斂＝おさまる。おさめる。○臘＝陰暦十二月。大晦日。○乍＝急に、すぐに。○正＝正月。○鳶（えん）＝凧（たこ）。○悠悠＝ゆったりとのどかなさま。

1梅の花が春のおだやかなムードを醸（かも）し出し、
2春の晴れた日、空にはかすかに暖かさが漂う。
3風が収まると鶯がすぐにもさえずり出しそうな気配、
4春霞は淡くたなびいて柳はまだ芽ぶかない。
5新年を迎えて先ずは尊者にことほぎしようか、
6大晦日を無事乗りきってたちまち新世界が開かれたのだ。
7男の子たちは凧を揚げてはしゃぎまわり、

8 朓ははるか雲の上で風に鳴っている。

123 春寒

春寒（しゅんかん）

1 東風吹冷犯残梅
2 麥隴波寒拂綠堆
3 春雲一般分兩意
4 詩人清賞野人哀

東風冷を吹いて残梅を犯し、
麦隴波寒くして緑堆を払う。
春雲は一般に両意を分かつ、
詩人は清賞し野人は哀しむ。

《詩形・押韻・平仄式》

○七言絶句
○梅、堆、哀が上平一〇灰の韻。
○初句〔平―平型〕 1・4句3字目、●を○に作り救拯せず。3句1・3字を逆にして救拯。但し2字目が「二四六分明（二四不同・二六対）」の原則を破る拗体作品。

《語釈・通釈》

○春寒＝春浅いころの寒さ。余寒。○東風＝春風。こち。○麥隴＝麦畑のうね。○綠堆＝小高い丘のように育った麦の穂。○「春雲」は「春意（春ののどかな心持ち）」「春興（春のおもしろみ）」「春色（春げしき）」などにすべきである。○野人＝いなかもの。庶人。

1春風はまだ冷たく吹いて咲き残った梅の花をいためており、
2麦畑でうず高く波打つ緑の穂は冷たい風に吹きあおられている。
3早春の風情は普通二通りの観賞に分かれるようだ、
4詩人は清くすぐれた趣といい、農夫は不作を予想して哀しむのである。

・2句は語順と語義が整わずはっきりしない。1・2句を無理に対句にしようとしたせいか。

124 梅花

梅花

似笑凡桃競豔然
碧翁優遇百花先
風刀挾雪欲摧蕋
猶有餘香節操全

笑うに似たり凡桃の艶然を競うを、
碧翁優遇して百花に先んぜしむ。
風刀雪を挟んで蕋を摧かんと欲するも、
猶余香有りて節操を全うするがごとし。

《詩形・押韻・平仄式》

○七言絶句
○然、先、全が下平一先の韻。
○初句〔仄―平型〕　2句1・3字を逆に作り一句内救拯。3句5字目、4句1字目を逆に作り二句にわたる救拯。但し、3句6字目はために孤平となった。

《語釈・通釈》

○碧翁＝碧翁翁。天の異名。○蕋＝花芯。

1気高い梅の花は凡俗の桃の花々があでやかさを競って咲くのを笑ってみているかのよう、

2梅の花は天帝が大事にもてなして他の花々に先んじて咲かしめているのだ。

3鋭い刀のような初春の風が雪を伴っておしべめしべを砕こうとするが、

4それでもなお芳香を放ち毅然として清らかな節操を保っている。

・明治七年ごろの作。

125　月下看梅

月下に梅を看る

1 寒梅照席一枝斜

2 人静更深香益加

3 最愛今宵塵外賞

4 幽窗疏影月中花

寒梅席を照らして一枝斜めなり、

人静まりし更深　香益ます加わる。

最も愛す今宵塵外の賞、

幽窓の疏影は月中の花。

《詩形・押韻・平仄式》

○七言絶句

○斜、加、花が下平六麻の韻。

○初句〔平―平型〕　2句1・3字目で救拯するも、5字目●を○に作ったため6字目が孤仄になった。

4句3字目、●を○に作り救拯せず。

《語釈・通釈》

○席＝むしろ、花見の宴席。○更深＝深更（よふけ）。平仄の関係で転倒させた。○疏影＝まばらなかげ。梅の異名。

1寒梅の一枝が座敷に斜めにさしかかって白く照り映え、

2家人も寝静まった夜ふけ、梅は一段と清らかな香りを漂わせる。

3今宵、浮き世ばなれしたこの看梅こそ私の最も好きな観賞法で、

4奥深い静かな窓辺に差す淡い月光の中に白い梅の花が浮きあがって見える。

126 **海邊春月**

海辺の春月

1 江樓迎月薄雲晴
2 暗送香風聞玉笙
3 回頭海天春意沸
4 殘梅疏影有餘清

江楼に月を迎うれば薄雲晴れ、
暗に香風を送って玉笙聞ゆ。
頭を海天に回らせば春意沸き、
残梅の疏影に余清有り。

《詩形・押韻・平仄式》

○七言絶句
○晴、笙、清が下平八庚の韻。
○初句〔平─平型〕　4句3字目、●を○に作り救拯せず。3句1・3字で救拯するも、2字目を○にした拗体作品。「回頭」は「回首」或いは「回看」にすべきである。一本に「回首」あり。

《語釈・通釈》

○江樓＝海浜の二階家。○暗＝どこからともなく。○玉笙＝りっぱな笙の笛。

1海辺の高楼に登って月の出を待っていると薄雲も去って空は晴れわたり、
2どこからともなく吹いてくる匂いやさしい風にのって笙の笛の音が聞こえる。
3遙かな海を見渡し空を見上げると春の風情が満ちあふれて、
4散り残った梅の花がおぼろの月影に照らされて清々しく咲いているのが見える。

127 春曉

春暁

1 鳥語頻呼閑夢驚
2 庭前花氣解餘醒（酲）
3 曙光漸覺幽窻白
4 何處轆轤斟井聲

鳥語頻りに呼んで閑夢驚き、
庭前の花気余醒［酲］を解く。
曙光に漸く覚ゆ幽窓の白きを、
何れの処にか轆轤にて井を斟む声。

《詩形・押韻・平仄式》

○七言絶句

○驚、醒（下平九青）、聲が下平八庚の韻。

○初句〔仄―平型〕　1句5字目、2句3字目、4句5字目、●を○に作り救拯せず。3句1字目、○を●に作り救拯せず。4句1・3字を互いに逆にして救拯。1・4句5字目が孤仄。

《語釈・通釈》

○鳥語＝鳥の鳴き声。○閑夢＝とりとめのない夢。○驚＝はっと目がさめる。○花氣＝花の香り。○「醒」は「醒（てい）」（下平八庚韻）二日酔い、悪酔いの誤りであろう。○轆轤＝釣瓶の滑車。

1しきりに鳴く鴬の声でとりとめのない夢を破られ、
2庭先の梅の香りがまだ醒めきれない二日酔いを解きほぐした。
3明け方の光で次第に静かな窓べが白くなり、
4どこからか井戸水を斟む釣瓶の音が聞こえてくる。

128　春暁枕上

春暁（しゅんぎょう）の枕上（ちんじょう）

1 春風不似勁秋清
2 暖紫嬌紅繫我情
3 夢在芳林桃李裡
4 驚來枕上賣花聲

春風（しゅんぷう）は勁秋（けいしゅう）の清（きよ）きに似（に）ず、
暖紫嬌紅（だんしきょうこう）　我（わ）が情（こころ）を繫（つな）ぐ。
夢（ゆめ）は芳林桃李（ほうりんとうり）の裡（うち）に在（あ）り、
驚（おどろ）き来（きた）れば枕上花（ちんじょうはな）を売（う）る声（こえ）。

《詩形・押韻・平仄式》

○七言絶句
○清、情、聲が下平八庚の韻。
○初句〔平—平型〕　平仄上は完璧な作品。

《語釈・通釈》

○勁秋＝風霜のきびしい秋。○暖紫＝暖翠（すい）（春の晴れた山の翠（みどり）色）。○嬌紅＝紅色。

1のどかな春の風はきびしい秋の清風とは似ても似つかず、
2春の陽光をあびた山川草木の紫色、あでやかな花々の紅色が私の気持ちを引きとめる。
3まどろむ夢の中で、桃や李のかぐわしい林の中をめぐり歩き、
4はっと目覚めてみると、枕辺に近く花売りの声が聞こえてきた。

129 春興　　春興

1 動人春色競芳妍
2 淡白濃紅映日鮮
3 對客有情如欲語
4 堪嗤心醉睡花氈

人を動かしめて春色芳妍を競い、
淡白濃紅　日に映じて鮮やかなり。
客に対して情有り語らんと欲するが如く、
嗤うに堪え心酔して花氈に睡る。

《詩形・押韻・平仄式》

○七言絶句

○妍、鮮、氈が下平一先の韻。
○初句〔平―平型〕　1句1・3字を逆にして一句内救拯。3・4句各3字目を逆にして二句にわたる救拯。平仄式は完璧作品。

《語釈・通釈》

○春興＝春のおもしろみ。○動人＝人を感動させる。○芳妍＝かぐわしくあでやかな美しさ。○濃＝一本に「嬌」。○客＝自分を含めた花見客。○堪嗤＝人にさげすみ笑われるのもかまわずに。○心酔＝夢中になる。○花氈＝落花の敷物。

1人々を感動させて春景色が美しさを競い合い、
2赤・白・ピンクの花々が春の陽に照らされて鮮やかである。
3花見に訪れた人々に対しあたかも話しかけようとするかのようで、
4かく言う私も人々の失笑をよそにすっかり夢中になり花の毛氈に眠りこけてしまったのだ。

130 春夜

春夜（しゅんや）

1 三宵連雨暗愁生
2 懶問園林千樹櫻
3 春夜乘晴閑試歩
4 落花枝上亂鳴鶯

三宵の連雨に暗愁生じ、
問うに懶し園林千樹の桜。
春夜晴れに乗じて閑かに歩を試みれば、
落花枝上に鶯乱れ鳴く。

《詩形・押韻・平仄式》

○七言絶句
○生、櫻、鶯が下平八庚の韻。
○初句〔平―平型〕　1句3字目、2句5字目、●を○に作り救拯せず。ために2句6字目孤仄となる。
3・4句各1・3字を逆にして一句内救拯。

《語釈・通釈》

○懶問＝尋ねる気にもなれない。

1三晩も降り続いた雨でいささか気が滅入ってしまい、

2あちこちの桜の名所の咲き具合を尋ねる気にもならない。

3今夜は久しぶりに晴れたので近くをぶらぶら歩きしてみると、

4桜散る枝の上からまだもどかしい鶯の鳴き声が聞こえてきた。

131 失題

失題（しつだい）

1 蒼烟四罩晝濛濛
2 水態山容看欲空
3 恰是豔和三月候
4 人行李白柳青中

蒼烟四（そうえんよ）もに罩（こ）めて昼（ひる）なお濛濛（もうもう）、
水態山容看空（すいたいさんようみすみすむな）しからんと欲（ほっ）す。
恰（あたか）も是（こ）れ艶和三月（えんわさんがつ）の候（こう）、
人（ひと）は行（ゆ）く李白柳青（りはくりゅうせい）の中（うち）。

《詩形・押韻・平仄式》

○七言絶句

○濛、空、中が上平一東の韻。

○初句〔平―平型〕　3句3字目のみ基本型に違背した一瑕疵完整美作品。

《語釈・通釈》

○蒼烟＝青いもや。○四罩＝四方からとりこめる。○濛濛＝霧にけぶってぼうっとしているさま。○豔和＝みめよくおだやかなさま。

1うす青い靄（もや）が四方にかかって昼なおうす暗く、

2川の流れ山の姿をもみるみるうちに消えてしまいそうである。

3今まさにみめよくうららかな三月の時節、

4人々は李（すもも）の白い花の下、柳の青くしだれる中を行き来している。

・明治二年の作か。

132　偶成

偶成

1 生涯不覓好恩縁
2 遊子傾嚢開酒筵
3 洛苑三春香夢裡
4 身爲胡蝶睡花邊

生涯覓めず好き恩縁、
遊子に嚢を傾けて酒筵を開く。
洛苑の三春香夢の裡、
身は胡蝶と為って花辺に睡る。

《詩形・押韻・平仄式》

○七言絶句
○縁、筵、邊が下平一先の韻。
○初句〔平―平型〕　2句1・5字目、4句3字目、●を○に作る。ために2句6字目が孤仄となる。

《語釈・通釈》

○覓＝ベキ。さがしもとめる。○恩縁＝縁故。『全』は一本「因縁」とする。○遊子＝旅人（ここは訪問客の意か）。〇嚢＝ノウ、ふくろ（ここは財布のこと）。〇酒筵＝酒宴の座席。〇洛苑＝もと中国の古都洛陽のこと。ここは京都。〇三春＝春（孟春、仲春、季春）。〇香夢＝花の下で見る夢。〇胡蝶＝荘子が夢で胡蝶になった話（『荘子』斉物論）をふまえている。

1自分は生涯縁故の好（よしみ）を求めるような人間ではないが、
2旅客の来訪があったのでなけなしの財布をはたいて酒宴の場を設けた。
3京の都の春の宵、酔って眠ればかぐわしい花の香りの夢の中、
4いつの間にやら身は胡蝶となって花園の中で眠っていた。

133　待友不到

友（とも）を待（ま）つも到（いた）らず

1 平素蘭交分外香
2 今朝有約已斜陽
3 依門倚戸相俟久
4 春夜長似秋夜長

平素（へいそ）の蘭交分外（らんこうぶんがい）に香（かんば）し、
今朝約（こんちょうやく）有（あ）るも已（すで）に斜陽（しゃよう）。
門（もん）に依（よ）り戸（と）に倚（よ）り相俟（あいま）つこと久（ひさ）し、
春夜（しゅんや）の長（なが）きこと秋夜（しゅうや）の長（なが）きに似（に）たり。

《詩形・押韻・平仄式》

○七言絶句

○香、陽、長が下平七陽の韻。

○初句〔仄―平型〕　1句1字目、4句1・5字目、●を○に作る。4句4字目、○を●に作り「二四不同」を犯した拗体作品。6字目、孤仄。「似」は「如」「於」の方がベター。

《語釈・通釈》

○蘭交＝金蘭之交（金より固く蘭よりかんばしい親しい交わりのたとえ）。○分外＝とりわけ。○斜陽＝夕日。

1ふだん格別親しく香り高い金蘭の交わりを結ぶ友だが、

2今朝訪ねてくる筈の約束が陽が西に傾いた今になっても現れない。

3門により戸によりかかって待つこと久しく夜になってしまい、

4春の短い夜がまるで秋の夜長とかわらぬほど長く感じられた。

134　有約阻雨

約有るも雨に阻まる

1 妬矣癡乎風雨嗔
2 涓涓滴滴撲窻頻
3 李泣桃傷誰忍看
4 半負朋人半負春

妬いたか癡たか風雨の嗔り、
涓涓滴滴　窓を撲つこと頻りなり。
李泣き桃傷むを誰か看るに忍びんや、
半ばは朋人に負い半ばは春に負う。

《詩形・押韻・平仄式》

○七言絶句
○嗔、頻、春が上平一一真の韻。
○初句〔仄―平型〕　1・2・4句の平仄は基本型通り。3句は「桃傷李泣誰堪看」にすると完璧になる。

《語釈・通釈》

○妬＝ねたむ。○癡＝おろか、たわけ。○嗔＝いかる。○涓涓＝水がちょろちょろ流れるさま。○滴滴＝しずくがぽとぽとしたたり落ちるさま。

1やきもちやいたか半分ぼけたか風雨が怒って激しくなり、

2ザァザァポトポトしきりに窓を叩(たた)いている。

3桃や李が傷めつけられ悲鳴をあげているのを誰が黙って見ておれよう、

4春の行楽に出かけられなかったのは半分は（約束を破った）友人のせいであり、半分は春の天気のせいである。

135 新晴

新晴（しんせい）

1 賞花時節欲尋芳
2 癡雨頑雲引恨長
3 豈料林間鳩喚霽
4 霽來何物不馨香

花を賞づる時節に芳を尋ねんと欲するに、
癡雨頑雲　恨みを引いて長し。
豈料らんや林間に鳩霽れを喚ぶ、
霽れ来らば何物か馨香あらざらん。

《詩形・押韻・平仄式》

○七言絶句
○芳、長、香が下平七陽の韻。
○初句〔平―平型〕　1・4句1・3字を逆にして一句内救拯。2句1字目のみ基本型に違背した一瑕疵完整美作品。

《語釈・通釈》

○新晴＝雨のあとに晴れること。○賞花＝花をめでる。○芳＝かんばしい香。○癡雨頑雲＝おろかな雨、がんこな雲（擬人法）。○鳩喚霽＝鳩は晴れを呼んで鳴くといわれる。○馨香＝すみきった、遠方まで漂うかおり。

1花見の時節、どこかへ花見に出かけようかと思っているのだが、
2痴れものの雨や頑固ものの雲が居座って恨めしい日々が続く。
3今日は思いがけず森陰で鳩が晴れを呼んで鳴いているよう、
4もし晴れ上ったら万物が遠くまで芳しい香りを放つはずなのだ。

136 惜春

惜春（せきしゅん）

1 東帝無情催駕回
2 寥然獨臥懶呼杯
3 春風觸迕愁人意
4 一片飛花入座來

東帝無情（とうていむじょう）　駕（が）を催（うなが）して回（かえ）り、
寥然（りょうぜん）として独（ひと）り臥（ふ）し杯（はい）を呼（よ）ぶも懶（ものう）し。
春風（しゅんぷう）は愁人（しゅうじん）の意（い）に触迕（しょくご）し、
一片（いっぺん）の飛花（ひか）座（ざ）に入（い）りて来（きた）る。

《詩形・押韻・平仄式》

○七言絶句
○回、杯、來が上平一〇灰の韻。
○初句〔仄—平型〕　1句1・5字目を逆にして救拯せず。ためにこ1句6字目が軽い孤仄の禁を犯す。
2・3・4句は基本型通り。

《語釈・通釈》

○東帝＝春の神。○駕＝牛や馬に引かせた乗り物。○寥然＝さびしくむなしいさま。○觸迕＝直言して人の気持ちにさからう。

1春の神はつれなくも馬車をせきたてて帰ってしまわれて、

2独りしょんぼり横になって酒の仕度をさせる気にもなれないでいる。

3暖かい春風が愁いに沈む人の気持ちに逆らって吹き、

4ひとひらの花びらがわびしい座敷に舞い込んできた。

137　留別

留別(りゅうべつ)

1 千山緑暖向皇城
2 黄鳥惜春垂柳鳴
3 男子元無兒女涙
4 従容分手舊交情

千山(せんざん)緑(みどり)暖(あたた)かにして皇城(こうじょう)に向(む)かう、
黄鳥(こうちょう)春(はる)を惜(お)しんで垂柳(すいりゅう)に鳴(な)く。
男子(だんし)は元(もと)より児女(じじょ)の涙(なみだ)無(な)し、
従容(しょうよう)として手(て)を分(わ)かつ旧(ふる)き交情(こうじょう)。

《詩形・押韻・平仄式》

○七言絶句

○城、鳴、情が下平八庚の韻、

○初句〔平―平型〕　2句1・3字を逆にして一句内救拯。5字目、●を○にしたため6字目が孤仄の禁を犯す。3句1字目、●を○に作り救拯せず。

《語釈・通釈》

○2句は杜甫「絶句」の初句「両箇黄鸝鳴翠柳（両箇の黄鸝翠柳に鳴く）」を想起させる。○分手＝別れる。

1四方の山々が暖かな緑に包まれた頃、私は故郷を発って東京へ向かったが、

2鶯は行く春を惜しむかのようにしだれ柳の枝で鳴いていた。

3一介の男子たるもの元より女子供のように女々しく涙を流すことはなく、

4ゆったりとした気持ちで昔からつき合ってくれた人々と別れるのである。

138 暮春送別

暮春の送別

暮雨蕭蕭愁態加
欲驅春意使人嗟
誰知此夜雙思涙
明日別君又別花

暮雨蕭蕭として愁態加わり、
春意を駆らんと欲して人をして嗟かしむ。
誰か知らん此の夜の双思の涙、
明日は君に別れ又花に別る。

《詩形・押韻・平仄式》

○七言絶句
○加、嗟、花が下平六麻の韻。
○初句〔仄—平型〕 1句5字目、●を○に作り救拯せず。6字目孤仄の禁を犯す。2・4句共に1・3字を逆にして一句内救拯。従って本詩も1句5字目のみが基本平仄式に違背した作品。

《語釈・通釈》

○蕭蕭＝ものさびしいさま。風雨の音の形容。○驅＝追い払う。○春意＝春ののどかな心持ち。○使＝使役の助字。使ＡＢ（ＡヲシテＢセシム）。○嗟＝なげく。ああ（擬声語）。○雙思＝二つのことを思うこと。

1夕方からの雨がしとしと降ってわびしさが一段と募ってきて、
2まるで春の風情を追い立てようとしているかのように人にため息をつかせている。
3私が今夜二つの悲しい想いに涙していることを誰が知ろう、
4明日は君と別れ又花ともお別れしなければならないのだ。

139　暮春閑歩

暮春の閑歩（ぶらぶら歩き）

1 歩向野邨光景清　　野邨に歩めば光景清らかに、
2 朝寒午暖且新晴　　朝は寒く午暖かにして且つ新晴。
3 櫻桃別去歸那處　　桜桃別れ去って那れの処にか帰る、
4 滿目綠陰迎眼生　　満目の緑陰　眼を迎えて生ず。

《詩形・押韻・平仄式》

○七言絶句

○清、晴、生が下平八庚の韻。

○初句〔仄―平型〕　1・4句3・5字をそれぞれ逆に作って救拯。「那」には○もある。1・4句6字目孤仄。

《語釈・通釈》

○向＝場所を示す助字「於」の代用。○邨＝村。○那處＝何処。○緑陰＝青葉のかげ。

1野中の村をあてどもなく散歩していると今更ながら景色も真新しく、

2朝は肌寒いが昼になると暖かくなって雨上りの空も晴れあがった。

3桜の花桃の花も散ってしまってさてどこへ行ってしまったのだろう、

4目いっぱいの青葉の陰が歩むにつれて目の中にとび込んでくる。

140　春雨新晴

春雨新晴

1 當戸群峰雨霽時
2 暗愁散處始開眉
3 林間景物元無盡
4 花落陰成亦一奇

当戸の群峰　雨霽るる時、
暗愁散ずる処始めて眉を開く。
林間の景物元より尽くること無く、
花落ちて陰成るも亦一奇。

《詩形・押韻・平仄式》

○七言絶句
○時、眉、奇が上平四支の韻。
○初句〔仄―平型〕　1・2句各1字目を逆にして二句にわたる救拯。従って4句1字目のみが一瑕疵となる作品。

《語釈・通釈》

〇春雨新晴＝菜種梅雨が終りようやく晴れること。〇當戸＝家に向かい合っている。〇暗愁＝それとなく物悲しいこと。〇陰＝緑陰、樹陰の陰。

1我が家に向き合って群れ連なっている山々に降っていた雨が上がった時、
2憂鬱なもの思いもどこかへ消え失せ、ひそめていた眉も開いた。
3林の中の景観はもとより尽きることはなく、
4花が散り落ちたあとは若葉が繁って、これもまたすばらしい見物（みもの）ではないか。

141

偶成

偶成（ぐうせい）

1 深遮塵世樹陰清
2 幽鳥爲誰窗外鳴
3 最喜山中免官賦
4 曾無俗吏叩柴門（荊）

深（ふか）く塵世（じんせい）を遮（さえぎ）って樹陰（じゅいん）清（きよ）く、
幽鳥（ゆうちょう）誰（た）が為（ため）にか窓外（そうがい）に鳴（な）く。
最（もっと）も喜（よろこ）ぶ山中（さんちゅう）なれば官賦（かんぷ）を免（まぬか）れ、
曽（かつ）て俗吏（ぞくり）の柴荊（さいけい）を叩（たた）くこと無（な）きを。

《詩形・押韻・平仄式》

○七言絶句
○清（セイ）、鳴（メイ）、（荊）（ケイ）が下平八庚の韻。門は上平一三元の韻。
○初句〔平―平型〕　2句1・3字を逆にして救拯。1句3字目、2句5字目、●を○に作る。3句5・6字目は特殊型。

《語釈・通釈》

●叩柴門＝「(板作りの) 門を叩く (音がする)」で理屈は通るが、肝心な押韻の原則に違背することになる。押韻させて「叩柴荊 (しば作りの戸) を叩く (音が出ない)」とするか、さすがの西郷さんも悩んだことであろう。(『全』に一本「荊」に作るとある)

1俗世間と隔てられ緑の木々に囲まれた家にひっそりと住みなしていると、

2窓の外では山鳥が誰のためということもなく鳴いている。

3・4　山中のこととて租税を免ぜられ、これまで一度も小役人が柴の戸を叩くことがなかったのは嬉しいかぎりだ。

・明治八年ごろの作か。

・鹿児島市西別府町に西郷野屋敷跡がある。

142　夏日村行

夏日の村行

1 槐花和露路塵香
2 澗水澄々繞草堂
3 邂逅相逢田婦恵
4 斟茶簟席得清涼

槐花露に和んで路塵香しく、
澗水澄澄として草堂を繞る。
邂逅して相逢いたる田婦の恵み、
茶を簟席に斟みて清涼を得たり。

《詩形・押韻・平仄式》

○七言絶句
○香、堂、涼が下平七陽の韻。
○初句〔平―平型〕　全詩基本平仄式に一字の違背もない完璧作品。

《語釈・通釈》

○槐花＝えんじゅ（アカシア）の花。○澄々＝透き通って清い。○草堂＝わらぶきの農家。○邂逅＝めぐり合う。○田婦惠＝農婦のもてなし。○簟席＝竹であんだむしろ。

1道に落ちたえんじゅの花が露になじんでまるで道路の塵さえも芳しい香りを放っているようだ。

2谷川の水は清く澄んでわらぶきの家をめぐって流れている。

3思いがけなく出会った農婦の厚意を受けて、
4ござに座ってお茶を飲み身も心も清々しい気分になった。

143 初夏月夜

初夏の月夜

1 初探清涼月
2 曲江波上看
3 孤舟方欲繋
4 粘草露螢寒

初めて探る清涼の月、
曲江の波上より看る。
孤舟を方に繋がんと欲すれば、
粘草に露螢寒し。

《詩形・押韻・平仄式》

○五言絶句

○看、寒が上平一四寒の韻。

○初句〔仄―仄型〕　1・4句1字目、●を○に作り救拯せず。2句1・3字を逆にして一句内救拯。

《語釈・通釈》

○曲江＝漢の武帝が宜春苑（ぎしゅんえん）に作った池の名。ここは入江の意。○粘草＝草にねばりつく。○露螢＝はかなげな螢。

1初夏の涼月を賞（め）でようと、

2入江に小舟を浮かべ波の上から眺めた。

3岸辺に小舟を係留しようとした時、

4草にへばりつくようにはかなげな螢の光が寒々と点滅していた。

144 失題

失題（しつだい）

1 纔出都門稍散襟
2 綠葉蔭下碧溪潯
3 未炊丹洞胡麻飯
4 朝暮穿林半隱心

纔かに都門を出ずれば稍く襟を散ず、
緑葉蔭下［緑陰樹下］碧渓の潯。
未だ炊がず丹洞胡麻の飯、
朝暮に林を穿けて半隠の心あり。

《詩形・押韻・平仄式》

○七言絶句

○襟、潯（ジン）、心が下平一二侵の韻。

○初句〔仄―平型〕　2・3句1・3字を逆に作り一句内救拯。1・4句1字目、●を○に作り救拯せず。2句2字目、「反法」を犯した拗体作品。

《語釈・通釈》

○散襟＝胸中の思いを散らしまぎらす。○「葉」は一本に「陰」。「蔭」は「樹」。この方がよい。○潯＝みぎわ。○丹洞＝丹穴の山。仙境をいう。○胡麻飯＝ごまをまぜて炊いた飯。

1ほんのちょっと都会を出外れただけでいくらも気分転換になるというもの、
2緑樹の葉かげ、清水流れる谷川のほとり。
3まだ仙人の食するごまの飯を炊くほどのことはないが、
4朝に夕べに森を抜けて歩き回ると半分仙人になったような気になるのだ。

・明治六年東京での作か。次詩も同じ。

145 温泉寓居雑吟（一）

溪水聲澄避世譁
窻前窻後不看家
連山翠色偏宜夏
密樹清陰却勝花
閑暇幽居最相適
名䰟利魄又何加
斯般遊味無人識
旦暮涼風分外嘉

温泉に寓居しての雑吟（一）

渓水声澄みて世譁を避く、
窓前窓後に家を看ず。
連山の翠色偏えに夏に宜しく、
密樹清陰　却って花に勝る。
閑暇幽居に最も相適す、
名魂利魄又何をか加えん。
斯般の遊味を人の識る無く、
旦暮の涼風分外に嘉し。

《詩形・拝龍・平仄式・対句の検記》

○七言律詩

○譁、家、花、加、嘉が下平六麻の韻。

○初句〔仄—平型〕　1句1字目、2・7句3字目、いずれも●を○に作って救拯せず。5句1・5字目を逆にして救拯。但し下三仄を犯す。5句「暇」は「假（擧下切□○馬韻）」の音。

○〔3・4句〕　連山・翠色↑↓密樹・清陰。偏・宜・夏↑↓却・勝・花。〔5・6句〕閑暇・幽居↑↓名䖏・利魄。最・相・適↑↓又・何・加。

《語釈・通釈》

○世譁＝俗世のさわがしさ。○名䖏利魄＝名誉や利益を求める心。○斯般＝這般（しゃはん）。このような。○遊味＝おもしろく遊ぶたのしみ。○分外＝過分。ことさらに。

1谷川の水はサラサラと流れてしばし世のさわがしさを忘れさせ、

2窓越しに眺める周囲には人家も見当たらない。

3連なる山々の緑は夏の景色としてまさにふさわしく、

4こんもり繁った木々の緑は赤い花のすばらしさに劣らない。

5のんびりと静かな生活を願う人間にとっては頗（すこぶ）るぴったりで、

6名誉心や利欲の心など起こるはずもない。
7このような風流な味わいは知る人ぞ知る、
8朝夕の涼風など、また格別にすばらしいものである、

146 偶成

偶成（ぐうせい）

1 獨坐幽懷遠市囂
2 千峰愁色雨聲饒
3 溪雲埋屋晝濛翳
4 窻影恰如春月宵

独坐（どくざ）して幽懐（ゆうかい）すれば市囂（しこう）より遠（とお）ざかり、
千峰（せんぽう）の愁色（しゅうしょく）　雨声（うせい）饒（おお）し。
渓雲屋（けいうんおく）を埋（うず）めて昼（ひる）なお濛翳（もうえい）、
窓影恰（そうえいあたか）も春月（しゅんげつ）の宵（よい）のごとし。

《詩形・押韻・平仄式》

○七言絶句
○囂（ゴウ）、饒（ジョウ）、宵（ショウ）が下平二蕭の韻。

○初句〔仄─平型〕　2句3字目、●を○に作り救拯せず。3句3・5字目を互いに逆に作り一句内救拯。但し、ために6字目が孤平となった。4句1・3字を逆に作り救拯。但し、5字目、●を○に作ったため6字目が孤仄となった。

《語釈・通釈》

○市囂＝町なかのやかましさ。○愁色＝うれいにうち沈んだようなたたずまい。○濛翳＝ぼうっとしてうす暗い。

○初句は王維「竹里館」の「独坐幽篁裏（独り坐す幽篁の裏）」の心境を彷彿させる。

1町なかのやかましさから遠ざかった山家に独り坐り幽かにもの思いに耽っていると、

2眼前に連なる山々はうれいにうち沈んだようなたたずまいを見せ、降り出した雨の音が激しくなってきた。

3谷間からわき起こる雲が山小屋を埋めて昼なお暗く、

4窓に差す光もぼうっと煙ってちょうど春のおぼろ月夜のようである。

・明治六年、東京、西郷従道邸での作か（底本）。

147 田園雑興〈一本感〉(一)

1 萬頃插秧梅雨天
2 桑陰幾處颺茶烟
3 乘時農事村村急
4 驅馬揮鋤互競先

田園の雑興(一)

万頃の挿秧　梅雨の天、
桑陰の幾処か茶烟颺がる。
時に乗じての農事　村々急に、
馬を駆り鋤を揮って互いに先を競う。

《詩形・押韻・平仄式》

○七言絶句
○天、烟、先が下平一先の韻。
○初句〔仄—平型〕　1句3・5字、3句1・3字で救拯。4句1字目のみ違背した一瑕疵作品。

《語釈・通釈》

○萬頃=広々とした田圃。○插秧=田植えをすること。○颺=吹きあがる、吹きあげる。○乘時=趁時。

機会をうまく利用する。

1つゆ空のもと広々とした田圃で田植えが始まり、

2桑の木かげのあちこちで茶の湯を沸かす煙が立ちのぼっている。

3今こそ農作業の好機とばかりにどの村々も忙しく、

4馬を追い鋤を揮って互いに先を争うように働いている。

148 苦雨

苦雨（ながあめ）

1 依稀梅子雨
2 連日洒庭蕪
3 水溢没溪渡
4 岸崩斷險途
5 糧空如餓鼠
6 犬吠似狂夫
7 寂寞柴門裡
8 微微寄此軀

依稀たり梅子の雨、
連日庭蕪に洒ぐ。
水は溢れて溪渡を没し、
岸は崩れて険途を断つ。
糧は空しくして餓鼠の如く、
犬は吠えて狂夫に似たり。
寂寞たり柴門の裡、
微微として此の躯を寄す。

《詩形・押韻・平仄式・対句の検証》

○五言律詩

○蕪、途、夫、軀が上平七虞の韻。

○初句〔平―仄型〕　２・４句１字目、３句３字目、基本型と逆に作り救拯せず。３句４字目は孤平。

○〔３・４句〕　水・溢←→岸・崩。沒・溪・渡←→斷・險・途。〔５・６句〕糧・空←→犬・吠。如・餓鼠←→似・狂夫。

《語釈・通釈》

○依稀＝かすかでぼんやりしている。○梅子＝梅の実。○洒＝あらう、そそぐ。○庭蕪＝庭におい茂った雑草。○溪渡＝谷川の中の飛び石。○微微＝かすかで勢いが衰えているさま。

１しとしととぐずつく梅雨(つゆ)が、

２毎日庭の雑草に降り注いでいる。

３水かさの増した谷川は飛び石も水没して渡れず、

４川岸が崩れて険しい山道を断ち切ってしまった。

５私は山小屋に閉じこめられて食べ物もなくなり飢えた鼠のようで、

６犬も飢えて狂ったように吠えたてる。

7 ひっそりと柴の戸を閉じて、
8 一人さびしく哀れなこの身をあばら家に寄せている。

149 田園雑興（二）

田園の雑興（二）

1 梅子金黄肥稲苗　　梅子金黄にして稲苗肥ゆ、
2 牧童趁瞑笛聲遙　　牧童瞑きを趁うて笛声遥かなり。
3 殷殷雷動何邊雨　　殷殷たる雷動何れの辺りの雨ぞ、
4 新漲看看拍小橋　　新漲看る看る小橋を拍つ。

《詩形・押韻・平仄式》

○七言絶句
○苗、遙、橋が下平二蕭の韻。

○初句〔仄―平型〕　1・2句各1字目を逆に作り二句にわたる救拯。4句1字目、●を○に作り救拯せず。一瑕疵作品。

《語釈・通釈》

○暝＝メイ。くらい。○殷殷＝大きな音が重々しくとどろくさま。

1梅の実が黄金色に熟し、稲の苗も大きく育ち、

2夕暮迫る中、牛飼いの少年が家路を急ぐらしい笛の音が遙かに聞こえる。

3ごろごろと雷鳴がとどろきどこかで雨が降っているもよう、

4と見るまに川水が漲(みなぎ)り溢れて小橋の橋桁(はしげた)をたたいている。

150

山屋雑興

山屋の雑興

1 竹林圍屋淡烟籠
2 窻外苔深溪水通
3 寂寞休言古人邈
4 披書相對夕陽中

竹林屋を囲んで淡烟籠もり、
窓外の苔深くして渓水通ず。
寂寞たるも言うを休めよ　古人邈かなりと、
書を披いて相対す夕陽の中。

《詩形・押韻・平仄式》

○七言絶句
○籠、通、中が上平一東の韻。
○初句〔平—平型〕　1・2句1字目を逆にして二句にわたる救拯。2句5字目、●を○に作る。ために6字目、孤仄となる。3句は特殊型。

《語釈・通釈》

○休＝やめる。とどまる。○邈＝バク。はるか。遠い。○披＝ヒ。ひらく。

1竹林に囲まれた山小屋にうすもやがたちこめ、

2窓の外には深い苔の間を谷川の水が清らかに流れている。

3一人ぼっちでさびしくとも古人は遙か遠く世を隔てて会うこともないなどと言うものではないよ、

4夕日の中で書物を開けばすぐにも古人と向き合うことができるのだから。

151 **客舎聞雨**

客舎にて雨を聞く

1 一陣狂風雷雨聲

2 甲兵來擊似相驚

3 愁城暗築天涯客

4 客魂(魄)倏摧分外清

一陣の狂風雷雨の声、

甲兵の来撃に相驚くに似たり。

愁城を暗築す天涯の客、

客魄倏ち摧けて分外に清し。

《詩形・押韻・平仄式》

○七言絶句

○聲、驚、清が下平八庚の韻。

○初句〔仄―平型〕　2句1・3字を逆に作り救拯。4句2字目は「魄」●のはずである。

《語釈・通釈》

○客舎＝旅宿。○愁城＝うれいの城。○客＝旅人。○客魂＝客魄。旅先の心。○倏＝シュク。忽と同じ。

1一陣のつむじ風と共に激しい雷雨の音が起こり、

2まるでよろい甲（かぶと）に身を固めた兵士が出撃してきたようで驚いた。

3そういう中で、何ということもなく知らぬうちに自分で築きあげた愁いの城にとじこもりうちしおれている天涯孤独の旅人の私、

4そんな旅先のしおれた心も雷雨の声にたちまち砕け散って格別にさっぱりしたよい気分になった。

152　夏雨驟冷（一）

夏雨ありて驟に冷ゆ（一）

1 山蟬多少鳴庭外

2 聲若亂絃斜日催

3 炎毒欲驅赤帝意

4 俄然狂雨送涼來

山蟬多少庭外に鳴き、

声は乱絃の若く斜日に催す。

炎毒を駆らんと欲せし赤帝の意か、

俄然として狂雨涼を送りて来る。

《詩形・押韻・平仄式》

○七言絶句

○催、來が上平一〇灰の韻。

○初句〔平―仄型〕　2句1・3字を逆に作り一句内救拯。1句3字目、2句5字目、●を○に作る。3句3・5字目、○を●に作る。全詩の平仄は○14対●14に戻る。

《語釈・通釈》

○多少＝ここは多い意。○亂絃＝調子外れの三味線の音。○斜日＝夕日。○催＝おこる。せきたてる。
○炎毒＝あつさあたり。○赤帝＝炎帝。夏を支配する神。○狂雨＝はげしい雨。
1沢山の山ゼミが家のまわりでやかましく鳴いており、
2調子外れの三味の音のように夕方になるとますますうるさくなる。
3暑気あたりを吹き飛ばしたい炎帝の気持ちの表れか、
4突然はげしい夕立が涼気を送って降って来た。
・一説に明治九年夏、有村温泉での作と。この前後の作品句には語法的に錯綜した和臭の強いものがある。

153　夏雨驟冷（二）

1 火龍逼人苦炎威
2 白汗滿身蕉扇揮
3 豈料轟來雷雨急
4 電光聲裡著綿衣

夏雨ありて驟かに冷ゆ（二）

火竜人に逼って炎威に苦しみ、
白汗身に満ちて蕉扇を揮う。
豈料らんや轟き来って雷雨急に、
電光声裡に綿衣を著けんとは。

《詩形・押韻・平仄式》

○七言絶句

○威、揮、衣が上平五微の韻。

○初句〔平―平型〕　1句4字目、「二四不同」を犯す。2句3・5字で救拯。4句1・3字で救拯。

《語釈・通釈》

○火龍＝炎暑、暑熱。○「逼人」は「人逼」が語法は不正だが平仄は正しい。○苦炎＝苦熱。暑さに苦しむ。○白汗＝白い玉なすようなあせ。○蕉扇＝芭蕉扇。○豈料＝反語表現。思いもしなかった。

1酷暑が人に迫って焼けつくような勢いに苦しくてたまらず、

2全身汗びっしょりになってしきりにうちわを使っている。

3ところが急に天地をとどろかせて雷が鳴り雨が降りだして、

4稲光と雷鳴の中にわかに寒くなり綿入れを出して着ることになろうとは思いもしなかった。

・慶応元年、京都での作か。

154　夏雨驟冷（三）

1 板屋雨鳴敲夢急
2 透簾風力倍清秋
3 人間滌盡夜來熱
4 自脱蕉衣呼褻裘

夏雨ありて驟かに冷ゆ（三）

板屋に雨鳴って夢を敲くこと急に、
簾を透る風力は清秋に倍す。
人間を滌い尽くす夜来の熱、
自から蕉衣を脱ぎ褻裘を呼ぶ。

《詩形・押韻・平仄式》

○七言絶句

○秋、裘が下平一一尤の韻。

○初句〔仄―仄型〕　1句3字目、○を●に作り救拯せず。2句1・3字目を逆に作り一句内救拯。3・4句5字目、互いに逆に作り二句にわたる救拯。但し6字目、共に孤平・孤仄となる。

《語釈・通釈》

○人間（じんかん）＝人間（にんげん）世界。○滌＝テキ。あらう。○蕉衣＝芭蕉布作りの単衣（ひとえ）。○褻裘＝かわごろもの褻衣（ふだん着）。

1板屋根に落ちる雨音で夢を破られてしまい、

2簾越しに吹き込む風は秋風より倍も涼しい。

3この俗界では昨夜からの熱気がすっかり洗い流されて、

4自分で単衣を脱ぎ（ぬ）、家人にあわせをもって来させた。

155　避暑

避暑（ひしょ）

1 苛雲圍屋汗沾衣
2 白鳥饑來吮血肥
3 逃暑移床臨澗水
4 曳笻搖扇步苔磯
5 齊鳴蛙鼓田疇沸
6 亂點螢燈草露輝
7 幽味最甘松樹下
8 爽風閑月度崔嵬

苛雲屋を囲んで　汗　衣を沾し、
白鳥餓え来って血を吮うて肥ゆ。
暑を逃れ床を移して澗水に臨み、
笻を曳き扇を揺るがして苔磯に歩す。
斉鳴の蛙鼓　田疇に沸き、
乱点の蛍灯　草露に輝く。
幽味最も甘し　松樹の下、
爽風閑月　崔嵬を度る。

《詩形・押韻・平仄式・対句の検証》

○七言律詩
○衣、肥、磯、輝、嵬が上平五微の韻。
○初句〔平―平型〕　1・4・7・8句各1・3字を逆に作り一句内救拯。3句1字目、5句3字目、●を○に作り救拯せず。
○〔3・4句〕　逃・暑↑↓曳・笻。移・床↑↓搖・扇。臨・澗水↑↓歩・苔磯。〔5・6句〕　齊鳴・蛙鼓↑↓亂點・螢燈。田疇・沸↑↓草露・輝。

《語釈・通釈》

○苛雲＝暑さきびしい夏雲（西郷の造語か）。○白鳥＝蚊（か）の異名。○床＝床几（しょうぎ）。折りたたみ式腰かけ。○苔磯＝谷川の苔むした岸辺。○齊鳴＝声をそろえて鳴くこと。○蛙鼓＝蛙声（かえるの鳴き声）。○幽味＝幽趣（奥ゆかしいおもむき）。○甘＝好ましい。○崔嵬＝高くけわしい岩山。

1暑さきびしい夏雲がわが家の上空をとり囲み、汗が流れて着物をぬらすほど、
2餓えた蚊がどこからともなく飛んできて血を吸って太るありさま。
3暑さを避け床几を谷川のほとりに移して涼み、
4竹杖をつきうちわであおぎながら苔むした岸辺を散歩する。

5 一斉に鳴く蛙の声が田圃中にわき起こり、
6 ばらばらと灯る蛍の光が草露の陰で光っている。
7 奥深い自然の情趣は松の木の下でこそ満喫できる、
8 さわやかな風、のんびりした月が高くけわしい岩山をわたって行く。

156 夏夜如秋

夏の夜は秋の如し

1 氷輪映水水涵樓
2 六月江鄉氣似秋
3 爲愛涼風淸夜景
4 一宵不下翠簾鉤

氷輪水に映じて水は楼を涵し、
六月の江郷　気は秋に似たり。
涼風清夜の景を愛でんが為に、
一宵下ろさず翠簾の鉤。

《詩形・押韻・平仄式》

○七言絶句

○樓、秋、鉤が下平一一尤の韻。

○初句〔平―平型〕　4句1字目のみ基本型に違背する一瑕疵完整美作品。

《語釈・通釈》

○氷輪＝月の別名。○樓＝たかどの。物見台。○江郷＝江村、水郷。○翠簾＝翠箔（はく）。みどり色のすだれ。○鉤＝すだれをひっかける鉤。

1冴えた月が川面に映り、川水はこの楼閣をひたしており、

2夏六月、水郷はさわやかな秋のような気配である。

3涼しい風と清々しい月の夜の景観を賞美するために、

4一晩中青すだれの鉤をひっかけたままおろさずにいた。

157 閑居偶成

閑居偶成（かんきょぐうせい）

1 幽居向晩嫩涼生
2 塵外早知風物清
3 昨日苛雲何處去
4 梧桐葉上已秋聲

幽居すれば晩に向かって嫩涼生じ、
塵外に早くも知る風物の清らかさ。
昨日の苛雲何処にか去る、
梧桐の葉上已に秋声。

《詩形・押韻・平仄式》

○七言絶句
○生、清、聲が下平八庚の韻。
○初句〔平―平型〕　２句１・３字を基本型と逆に作り一句内救拯。平仄上完璧な作品。

《語釈・通釈》

○嫩涼＝うすら寒さ。

1一人静かに住みなしている夕暮れ時、どことなくうすら寒くなってきた、
2俗界を離れているので風物の変化が早目に分かるのだ。
3昨日までのあのきびしい夏雲はどこへ行ってしまったのか、
4桐の葉に吹く風は早や秋の声を響かせている。
◎4句は朱熹の「偶成」詩の4句「階前梧葉已秋声（階前の梧葉已に秋声）」を想起させる。

158　閑居偶成

閑居偶成

1 秋氣早知荒僻地
2 爽風應不到京城
3 雨餘涼動閑眠足
4 夢在高原玉露清

秋気早くも知る荒僻の地、
爽風応に京城に到らざるべし。
雨余　涼動いて閑眠足り、
夢は高原に在りて玉露清し。

《詩形・押韻・平仄式》

○七言絶句

○城、清が下平八庚の韻。

○初句〔仄―仄型〕　1・2・3句それぞれ1・3字を逆に作り一句内救拯。

《語釈・通釈》

○荒僻＝へんぴで荒れはてた地。荒遠。○2句4字目、『遺訓』は「未」に作る。どちらでも可。○京城＝東京。○雨余＝雨上り後。○4句＝『遺訓』「夢令松梢滴露声（夢は冷え松梢滴露の声）」に作る。

1都を遠く離れた片田舎では早くも秋の気配が感じられるが、

2こんな爽やかな風は多分まだ東京には吹いていないだろう。

3雨上りの後はぐっと涼しくなり夜も熟睡できるようになったし、

4明け方に見る夢も玉のような露の置き敷く清々しい高原に立つ夢だった。

159

山中秋夜

山中の秋夜

1 夜深秋意動

2 鄰比寂無聲

3 幽澗獨調瑟

4 松風相和清

夜深く秋意動き、

隣比寂として声無し。

幽澗独り瑟を調ぶれば、

松風相和して清らなり。

《詩形・押韻・平仄式》

○五言絶句

○聲、淸が下平八庚の韻。

○初句〔平―仄型〕　1・2句1字目を互いに逆にして二句にわたる救拯。3句1・3字目を逆に作り一句内救拯。但し、6字目が孤平となる。

《語釈・通釈》

○鄰比＝となり近所。○幽澗＝奥深い谷川。○瑟＝おおごと。

1山中では夜が更けると秋の気配も強まり、

2隣り近所はひっそりとして何の物音もしない。

3山奥深く静かに流れる谷川が独り琴をかなでると、

4山風が吹き渡って松籟が清らかに唱和しているかのようだ。

160 村居即目

1 十里坡塘引興長
2 西郊歸犢對斜陽
3 邨翁鼓腹欣豐歳
4 萬頃稌花笑語香

村居即目（村住まいの目につくまま）

十里の坡塘　興を引きて長し、
西郊の帰犢斜陽に対す。
邨翁鼓腹して豊歳を欣び、
万頃の稌花　笑語香し。

《詩形・押韻・平仄式》

○七言絶句

○長、陽、香が下平七陽の韻。

○初句〔仄―平型〕　2句3字目のみ基本平仄型を外した一瑕疵作品。

《語釈・通釈》

○坡塘＝堤防。土手を築いて水をためた池。○歸犢＝家に帰る小牛。○邨翁＝村の老人。○鼓腹＝腹つづみを打つ。食足って満足するさま。〔鼓腹撃壌〕帝尭の時、老人が腹つづみを打ち地を撃って尭の徳を歌い、太平を楽しんだ故事（老人有り、脯を含み腹を鼓し、壌を撃ちて歌いて曰く、日出でて作し、日入りて息う。井を鑿ちて飲み、田を耕して食らう。帝力何ぞ我に有らんや。『十八史略』）。○稌花＝稲の花。花は穂の代替か。

1十里は続くであろう長い土手はいろいろな思いを引き起こさせて尽きないもの、

2村はずれの道を夕陽を浴びながら子牛が帰って行く。

3老農夫は腹つづみを打って豊年を喜んでおり、

4見渡すかぎりの田圃には稲穂が笑いさざめきよい香りを漂わせている。

161　蟲聲非一

虫声一に非ず

1 秋風多感夕
2 帯雨月光昏
3 閑愛陰蟲語
4 聲聲隔竹垣

秋風多感の夕べ、
雨を帯びて月光昏し。
閑かに愛でん陰虫の語、
声声　竹垣を隔つ。

《詩形・押韻・平仄式》

○五言絶句
○昏、垣が上平一三元の韻。
○初句〔平―仄型〕　3句1字目のみが基本平仄式に違背した一瑕疵作品。

《語釈・通釈》

○昏＝くらい。○陰蟲＝秋になって鳴く虫。鈴虫、こおろぎなど。○竹垣＝竹籬（まがき）。

1秋風が吹いていろいろ物思いをさせられる夕暮れ、

2雨もようの空は月の光も暗い。

3草陰で鳴く虫の音にそっと耳を傾けていると、

4さまざまな虫の鳴き声が竹垣を隔てて聞こえてくる。

162 **秋曉**

秋暁

1 蟋蟀聲喧草露繁

2 殘星影淡照頽門

3 小窻起座呼兒輩

4 溫習督來翻魯論

蟋蟀声喧しくして草露繁く、

残星影淡くして頽門を照らす。

小窓に起座して児輩を呼び、

温習を督し来りて魯論を翻す。

《詩形・押韻・平仄式》

○七言絶句

○繁、門、論が上平一三元の韻。

○初句〔仄―平型〕　3・4句各1字目を逆に作って二句にわたる救拯。4句3・5字目も逆にして一句内での救拯。6字目は孤仄となった。

《語釈・通釈》

○蟋蟀＝羽をさっさっと摩擦させる音をまねた擬声語からきた虫の名。こおろぎ、きりぎりす。○頽門＝くずれかかった門。○起座＝むっくりと立ち上がる。○温習＝おさらい。○魯論＝孔子の言行録『論語』。漢代、斉論・古論・魯論の三種があり、魯人の伝えた魯論が後世『論語』の異名となった。『論語』は紀元二八五年（応神天皇一六年）日本に伝来、以後わが国の教育の中心テキストとなった。

1こおろぎの鳴き声はやかましく草葉には多くの露がおりていて、

2明け方まで残った星の光はくずれた門をそこはかとなく照らしている。

3小窓近くの文机からゆっくり起ち上って子供らを呼び、

4おさらいを促して『論語』を繙かせた。

163 秋雨訪友

秋雨に友を訪う

1 衝雨來叩(敲)雲外門
2 風光滿目對吟樽
3 相逢高興無他事
4 山水幽情仔細論

雨を衝き来りて敲く雲外の門、
風光目に満ちて吟樽に対す。
相逢うて高興　他事も無く、
山水の幽情を仔細に論ず。

《詩形・押韻・平仄式》

○七言絶句
○門、樽、論が上平一三元の韻。
○初句〔仄―平型〕　1句1・5字目、●を○に作る。4字目「叩」は「二四不同」を犯しているので、「敲」にすべきである。いわゆる「推敲」の「敲」。

《語釈・通釈》

○雲外＝雲のかなた。俗界を離れた境地の意。○風光＝景色、ながめ。○高興＝高尚な趣。うれしい。○幽情＝幽趣（奥ゆかしいおもむき）。○仔細＝こまかく。くわしく。

1秋雨の降る中をものともせず浮世離れした友人の家の門を叩き、
2雨があがると見渡すかぎり風光明媚な中、酒樽を前にして詩作に興ずる。
3久しぶりに逢ってことのほかうれしく、話題にするのは他でもなく、
4奥深い自然の趣をこと細かに語り合うことであった。

164 秋曉煎茶

秋曉に茶を煎ず

1 疏星殘影散寒空
2 林際和霜語晴蟲
3 茶鼎松濤聽亦好
4 從來香味曉烟中

疏星の残影寒空に散じ、
林際　霜に和んで晴を語ぐる虫。
茶鼎の松涛聴くも亦好し、
従来　香味は暁烟の中。

《詩形・押韻・平仄式》

○七言絶句

○空、蟲、中が上平一東の韻。

○初句〔平―平型〕　1・4句3字目、2・3句1字目共に●を○に作り救拯せず。2句6字目、「二六対」にすべき規則を犯す。「晴」は同義の「霽」がよい。

《語釈・通釈》

○茶鼎＝茶釜。○松濤＝松籟。松風の音。

1まばらに残った星が寒空にかすかにまたたき、

2林の草陰では虫が冷気にめげず今日の晴天を告げて鳴いている。

3茶釜のお湯が松韻をたてるのも亦すばらしく、

4そもそもお茶は明け方の靄（もや）の中で味と香りを楽しむべきものなのである。

165 秋雨排悶

秋雨悶えを排す

1 秋風吹送聽鳴簫
2 獨坐更長轉寂寥
3 夜雨急遶愁悶去
4 聲聲傳響到芭蕉

秋風吹き送る鳴簫を聴く、
独座して更長ければ転寂寥。
夜雨急に愁悶を遶って去り、
声声響きを伝え芭蕉に到る。

《詩形・押韻・平仄式》

○七言絶句

○簫、寥、蕉が下平二簫の韻。

○初句〔平―平型〕　1句3字目、●を○に作り救拯せず。3・4句3字目を互いに逆にして二句にわたる救拯。3句4字目、「二四不同」の規則を犯す拗体作品。「遶」は同義の「旋」がベター。

《語釈・通釈》

○排悶＝心の中の苦しみをおしのける。心のうさを晴らす。○更＝夜を五つに分けた時間単位。○轉＝いよいよ、ますます。○寂寥＝寂寞。ひっそりとものさびしいさま。○遶＝とりまく、めぐる。○愁悶＝うれえもだえる。○芭蕉＝中国原産の多年生草木。茎の繊維をつむいで芭蕉布を作る。

1秋風が吹き送ってくる簫の笛の音に耳を傾け、
2独り夜更けまで座っているといよいよものさびしくなってくる。
3そんな時、夜の雨が急に家のまわり中に降り出して、心のうさを晴らしてくれ、
4雨音はあたり一帯に響きわたり庭先の芭蕉の葉をも鳴らしている。

166 山寺秋雨

山寺の秋雨

1 深林孤寂暮鐘中
2 秋雨聲微帶草蟲
3 山色清幽塵慮絶
4 薫然香靄滿禪宮

深林の孤寂は暮鐘の中に、
秋雨声微かに草虫を帯ぶ。
山色清幽にして塵慮絶え、
薫然たる香靄　禅宮に満つ。

《詩形・押韻・平仄式》

○七言絶句
○中、蟲、宮が上平一東の韻。
○初句〔平—平型〕　1・4句3字目、2・3句1字目、それぞれ●を○に作り救拯せず。全詩は○18対●10。

《語釈・通釈》

○暮鐘＝夕暮れにつく鐘の音。○山色＝山の景色。○塵慮＝塵心、俗念。俗界のけがれた考え。○薫然＝よいにおいが漂うさま。○香靄＝香烟（仏に供える香の煙）。○禪宮＝禅寺。

1林の奥深く入相の鐘を聞きながら一人寂しく佇んでいると、

2秋雨がそぼ降って草陰で鳴く虫の音も微かに聞こえてくる。

3山あいの気配は奥深く清らかで浮き世の俗念などすっかり消え失せてしまい、

4禅寺の堂いっぱいに仏前に供えた香のかぐわしい煙が漂っている。

167 月前遠情

月前の遠情

1 秋夜東山月　秋夜東山の月、

2 光輝缺却明　光輝は缺けて却って明るし。

3 京華千里客　京華千里の客、

4 相照故郷情　相照らす故郷の情。

《詩形・押韻・平仄式》

○五言絶句

○明、情が下平八庚の韻。

○初句〔仄—仄型〕　1句1字目のみ基本平仄式に違背した一瑕疵完整美作品。

《語釈・通釈》

○東山＝京都東山。○京華＝京都のこと。○故郷＝薩摩。

1清秋の一夜、京都東山に片割れ月がかかって、

2月光は半分欠けているからこそ却って明るく感ぜられる。

3ここはなやかな京都にははるか千里のかなたからやってきた客（私）がいますよ、

4この月に同じく照らされているであろう故郷の人々を思うと一段と懐かしさがこみ上げてくる。

168 客次偶成

客次にての偶成

1 秋夜凄其郷信賒
2 枕頭斜月映窻紗
3 一聲新雁驚殘夢
4 夢到天涯萬里家

秋夜凄其たり郷信賒かに、
枕頭の斜月　窓紗に映ず。
一声の新雁　残夢を驚かし、
夢は天涯万里の家に到る。

《詩形・押韻・平仄式》

○七言絶句
○賒、紗、家が下平六麻の韻。
○初句〔仄―平型〕　2・3句とも1・3字を逆にして救拯。1句1字目のみ違背した一瑕疵作品。

《語釈・通釈》

◎客次＝旅宿。○凄其＝凄凄（さびしくいたましいさま）。其は強意の助字。○郷信＝故郷の便り。○窻紗

＝窓のカーテン、〇新雁＝初わたりのかり。
1旅先の宿屋に一人さびしい思いでいる秋の夜、郷里からの音信も絶えて久しく、
2窓のカーテンを通して枕元に月の光が斜めに差している。
3初わたりの雁の一声で見残した夢が破られてしまって残念、
4その夢では空の果て万里も遠い故郷のわが家に着いていたのに。

169 秋夜客舍聞砧

秋夜客舎にて砧を聞く

1 秋深風露客衣寒
2 村静砧聲起夜闌
3 皎月窺窻照雙杵
4 更令孤婦叩辛酸

秋深く風露は客衣に寒く、
村静かに砧声夜闌に起こる。
皎月窓を窺って双杵を照らし、
更に孤婦をして辛酸を叩かしむ。

《詩形・押韻・平仄式》

○七言絶句

○寒、闌、酸が上平一四寒の韻。

○初句〔平―平型〕　2句1字目、●を○に作り救拯せず。3句は特殊型。4句1・3字を逆に作り救拯。

《語釈・通釈》

○砧聲＝砧響。きぬたを打つ音。○夜闌＝夜ふけ。○皎月＝白く輝く月。○杵＝きぬたの打ち棒。○孤婦＝寡婦。一人ぼっちの婦人。○辛酸＝つらく難儀なこと。○令＝使役の助字。

1秋も深まり冷たい風や露が旅の衣を冒(おか)して寒く、

2村は静かで砧(きぬた)の音が夜更けに聞こえてきた。

3明るい月の光が窓から覗(のぞ)き込むように差して砧の二本の打ち棒を照らし、

4その上留守居の妻のつらさ悲しさを砧と共に叩き出させているようだ。

・李白の「子夜呉歌」「万戸擣衣声（万戸衣を擣(う)つ声）」を想起させる。

170　中秋無月（一）

今宵光景如何趣
一陣西風送雨聲
萬事人間多失意
中秋獨不闕清明

中秋に月無し（一）

今宵の光景如何なる趣ぞ、
一陣の西風　雨声を送る。
万事人間　失意多けれど、
中秋には独り清明を闕かざるに。

《詩形・押韻・平仄式》

○七言絶句

○聲、明が下平八庚の韻。

○初句〔平─仄型〕　1句3字目のみ基本平仄式に違背した一瑕疵完整美作品。

《語釈・通釈》

○萬事人間＝人間万事。平仄を合わせるための転倒。○清明＝ここは「名月」の言い換えであろう。

1月の出ない今宵の光景は一体どのような天の趣向によるものか、
2一陣の西風が雨音を伴って吹いてきた。
3何事につけ思うに任せぬことの多いこの世の中であるが、
4いつの時代も中秋だけは光り輝く名月を闕かないものなのに。

171

中秋賞月

中秋に月を賞ず

1 中秋歩月墨川涯
2 十有餘回不在家
3 自笑東西萍水客
4 明年何處弄光華

中秋に月に歩す墨川の涯、
十有余回家に在らず。
自から笑う東西萍水の客、
明年何れの処にてか光華を弄せん。

《詩形・押韻・平仄式》

○七言絶句

○涯、家、華が下平六麻の韻。

○初句〔平─平型〕　４句３字目のみ基本平仄式に違背した一瑕疵完整美作品。

《語釈・通釈》

○涯＝ガイ。みぎわ。○墨水＝東京都墨田川。○萍水＝水に漂う浮草。○山口正『西郷隆盛の詩魂』では初句の「墨」が「鴫」になっているが平仄上ダメ。４句「弄」が「賞」になっておりその方がよい。

１中秋の名月を仰ぎ見ながら墨田川のほとりを散策している、

２思えばもう十数回もわが家で名月を見ていない。

３東に西に浮草のようにさすらう身の上を自ら笑ってしまうが、

４来年は一体どこでこの名月を賞美することになるであろうか。

・慶応元年（一八六五）秋、三十九歳の作。

172　江樓賞月

江楼にて月を賞ず

1 十二江樓掃宿雲
2 秋風落月送涼氛
3 終宵不睡耽佳景
4 波上清光疊縠紋

十二の江楼　宿雲を掃い、
秋風落月　涼氛を送る。
終宵睡らず佳景に耽れば、
波上の清光　縠紋を畳む。

《詩形・押韻・平仄式》

○七言絶句
○雲、氛、紋が上平一二文の韻。
○初句〔仄―平型〕　４句１字目のみ違背した一瑕疵完整美作品。

《語釈・通釈》

○十二江樓＝水郷で名高い茨城県潮来町前川の十二橋のあたりという（底本）。○宿雲＝前夜からたれこめていた雲。○涼氛＝涼気。●○耽＝たのしむ。没頭する。○縠紋＝縠物の粒を散らしたような縮緬じわの波紋（底本）。波紋の一種か。○疊＝たたむ。畳涛（たたみ重なって寄せる波）。

1・2　潮来十二橋の高楼で月の出を待っていると中空に低れこめた雲も次第に秋風に吹き払われ、上空に落ちかかる月が涼気を送ってきた。

3　一晩中寝もやらずすばらしい景観に心を奪われていると、

4　清らかな月の光が川面を照らして星屑を散らしたような波紋をたたなづかせている。

173　田園秋興

田園の秋興

1 漠漠黄雲萬頃秋
2 歡聲遠近酸人稠
3 夕陽斷雁加（本―如）風景
4 郊外吟筇得勝遊

漠漠たる黄雲万頃の秋、
歓声遠近に酸人稠し。
夕陽断雁　風景を加え［の如し］、
郊外に吟筇し勝遊を得たり。

《詩形・押韻・平仄式》

○七言絶句

○秋、稠、遊が下平一一尤の韻。

○初句〔仄―平型〕　2句5・6・7字が下三平の大禁を犯す。「酸」は「醉（酔）」であろう。酔客→酔人。3・4句各1字目を逆にして二句にわたる救拯。

《語釈・通釈》

○漠漠＝広々として果てしないさま。○萬頃＝田地の非常に広いこと。○酸人＝辛酸をなめた人。○稠（チユウ）＝多い。稠人（多くの人）。○斷雁＝列を作らず飛ぶ雁（かり）。○吟笻＝詩を吟じながら杖つく。○勝遊＝すばらしい行楽。

1黄金の雲かと見紛うほど果てしなく広がる田圃に実った稲穂が波打っている秋、

2豊作を喜ぶ声があちこちで起こり苦労して働いた多くの人をねぎらっている［祝い酒に酔った人も多い］。

3夕日の中をとぎれとぎれに飛ぶ雁の群が秋空の景観に花を添え［一幅の風景となり］、

4竹杖をつき詩を吟じつつ郊外を歩くと最高の遊行気分が味わえた。

(174) 高雄山

高雄山

1 一日貪閑軍務中
2 擧鞭奔馬到高雄
3 赤心難競丹楓樹
4 霜氣侵肌壓髻紅

一日閑を軍務の中に貪り、
鞭を挙げ馬を奔らせて高雄に到る。
赤心を競い難し丹楓樹、
霜気肌を侵し髻を圧して紅なり。

《詩形・押韻・平仄式》

○七言絶句
○中、雄、紅が上平一東の韻。
○初句〔仄—平型〕　初句5字目、●を○に作り救拯せず。２・３句それぞれ１・３字を互いに逆にして一句内救拯。

《語釈・通釈》

○高尾山＝京都北西、清滝川上流にある紅葉の名所、高雄。○赤心＝まごころ。丹心。○髻（ケイ）＝髪を頭上で束ねたもの。たぶさ。○壓＝くずす。おさえる。

1ある日軍務の合間の余暇をうまく使って、

2馬に鞭打って走らせ高雄山に出かけた。

3自分の国を思う赤心も真赤にもみじした楓にはかなうべくもなく、

4山のきびしい冷気が肌を侵しもとどりを乱して全身すっかり赤く染まってしまった感じだ。

・元治元年（一八六四、三十八歳）秋の作か（底本）。西郷が馬を疾駆させた（2句）は果たして事実だろうか。もし事実に反するとすれば本詩は別人作となる。

175

移蘭志感

蘭を移して感を志す

1 獨抱幽人操　独り幽人の操を抱き、

2 相看欲斷腸　相看て腸を断たんと欲す。

3 堪嗤塵世客　嗤うに堪えたり塵世の客、

4 豈解䶑秋香　豈秋香を嗅ぐを解せんや。

《詩形・押韻・平仄式》

○五言絶句

○腸、香が下平七陽の韻。

○初句〔仄―仄型〕　平仄は四基本型を全て使った完璧作品。

《語釈・通釈》

○志＝誌。○幽人＝幽客。世を避けて静かに暮している人。隠者。又、蘭の別名。○操＝節操。○塵世＝

けがれた世の中。俗世間。○堪＝がまんする。○嗤＝さげすみ笑う。○齅＝嗅の異体字。

1・2　世捨人にも似た気高い節操を抱き、ひとり咲く蘭を見て深い感動にうちふるえた。

3それにしても世の俗人どもはさげすみ笑うに十分であろう、

4もともとこの秋の君子のかぐわしさをかぎわける鼻などもってはおらぬのだから。

176　閑庭菊花

閑庭の菊花

1　秋芳幽静友
2　黄白満荒庭
3　閑適如何処
4　金風暗送馨

秋芳は幽静の友、
黄白荒庭に満つ。
閑適は如何なる処ぞ、
金風暗に馨を送る。

《詩形・押韻・平仄式》

○五言絶句

○庭、馨が下平九青の韻。

○初句〔平―仄型〕　２・３句１字目、●を○に作り救拯せず。

《語釈・通釈》

○秋芳＝秋に咲く芳しい花、菊のこと。○金風＝秋の風。○馨＝馨香（ケイコウ）（よいにおい）。

１芳しく気高い秋の名花菊こそは奥ゆかしくもの静かな世過ぎの最良の友であるが、

２黄菊白菊が荒れた庭中に咲き乱れている。

３静かなのんびりした暮らしとは一体どんなところのことだろうか、

４それは他ならぬ秋の風がひそかによいかおりを送ってくるわが家のこの庭のようなところのことである。

177　題残菊

残菊に題す

1 老圃残黄菊
2 風霜獨不禁
3 匹如陶靖節
4 彭澤宦餘心

老圃に黄菊残り、
風霜も独り禁ぜず。
匹如す陶靖節の、
彭沢宦余の心。

《詩形・押韻・平仄式》

○五言絶句
○禁、心が下平一二侵の韻。
○初句〔仄―仄型〕　3・4句1字目を基本型と逆に作り二句にわたる救拯。平仄上は完璧作品。

《語釈・通釈》

○題残菊＝残菊の画幅に書きつけた賛詩。『全』は児玉天雨の詩会の兼題であったのを、西郷は出席できず、欠席通知に菊花数枝を折り、この詩を添えて贈ったもので明治七・八年の作とする。○老圃＝古びた庭園。○禁＝おさえる。○匹如＝匹似。似ること。○陶靖節＝陶潜（字、淵明）の尊称。東晋末（三六五?～四二七）の詩人。潯陽（江西省九江市）の人。自称五柳先生。彭澤の県知事となったが、八十日で辞職、「帰去来辞」を作って帰郷した。酒を愛し自然を楽しみ、琴を友として田園生活を賛美する詩を作り、後世の文学に大きな影響を与えた。○宧餘＝役人生活をやめたあと。宧＝官（役人）。

1古びた庭園に黄菊が咲き残っているように、

2風雨や霜雪も咲きほこる花を抑えつけることはできない。

3・4　その高尚な心は、菊をこよなく愛した陶淵明が彭澤県令をやめたあとの心境にぴったりだ。

178　閑居重陽

閑居の重陽

1 書窻蕭寂水雲閒
2 兀坐秋光野興閑
3 獨有黄花供幽賞
4 重陽相對憶南山

書窓蕭寂たり水雲の閒、
秋光に兀坐すれば野興閑かなり。
独り黄花有りて幽賞に供す、
重陽に相対して南山を憶う。

《詩形・押韻・平仄式》

○七言絶句
○閒、閑、山が上平一五刪の韻。
○初句〔平―平型〕　1句3字目、●を○に作り救拯せず。3句5・6字を逆にした（「二六不同」となる）特殊句型。

《語釈・通釈》

○重陽＝陰暦九月九日、菊の節句。陽数の九が重なるめでたい日。この日、近くの丘や小高い山に登り（登高）、茱萸（かわはじかみ）の実を頭に挿し菊花酒を酌んで邪気をはらう風習（もと中国の）があった。○蕭寂＝さびしくひっそりしているさま。○野興＝野趣。○閑＝のんびりしている。○幽賞＝静かに観賞する。○南山＝廬山。ここでは陶淵明の「飲酒」詩をふまえる。「采菊東籬下、悠然見南山（菊を東離の下に采り、悠然、南山を見る）」。

1書斎の窓から見える秋景色はさびしいものだ。村外れを流れる川、山の上に漂う雲、

2秋の日差しの中にじっと坐っていると田園の素朴な趣は格別ふだんと変わるものではない。

3ただ庭に咲いた黄菊の花が静かに秋を観賞する雰囲気を醸し出してくれるので、

4重陽の日の今日、菊の花を賞でながら、しみじみ陶淵明が南山と向かいあった心境に想いを馳せている。

・明治三年初秋、鹿児島での作。

179　秋江釣魚

秋江にて魚を釣る

1 蘆花洲外繫輕艘（舡）
2 手挈魚籃坐短矼
3 誰識高人別天地
4 一竿風月釣秋江

蘆花洲外に軽舡を繫ぎ、
手に魚籃を挈げて短矼に坐す。
誰ぞ識らん高人の別天地、
一竿の風月を秋江に釣る。

《詩形・押韻・平仄式》

○七言絶句

○舡、矼、江が上平三江の韻（艘は下平四豪の韻なので「踏み落す」ことになる。）

○初句〔平―平型〕　1句3字目、●を○に作り救拯せず。3句1字目も●を○に作り、5・6字目を転倒させた特殊型。4句1・3字は逆に作って一句内救拯。

《語釈・通釈》

○艘（ソウ）、舡ともに船の意。○魚籃＝びく。○短矼＝石を水中に並べて渡ることができるようにした飛び石。○高人＝高士。官に仕えないすぐれた人物。○別天地＝別世界。俗世間から離れた環境。○風月＝清風と明月。自然の景色。

1蘆（あし）の花の咲いている中洲のほとりに小舟を繋ぎとめ、
2手にびくを提げて飛び石に腰をおろした。
3この高尚な風流人の別世界を知る人はおるまい、
4釣竿一本で秋の川の大自然を釣る風流の世界を。

・日当山（ひなたやま）の天降川（あもりがわ）での作と思われる。一本に慶応元年秋、京都での作とも。

180 暮秋田家

暮秋の田家

1 一帯抱村清浅流
2 坡頭夕景認帰牛
3 携児老婦収遺穂
4 寥落風烟霜後秋

一帯の村を抱く清浅の流れ、
坡頭の夕景に帰牛を認む。
児を携えし老婦は遺穂を収む、
寥落たる風烟霜後の秋。

《詩形・押韻・平仄式》

○七言絶句
○流、牛、秋が下平一一尤の韻。
○初句〔仄―平型〕 1句3・5字で救拯。但し、6字目孤仄となる。4句5字目、「霜」には色壮切●もある。

《語釈・通釈》

○一帯＝一筋。初句は杜甫の「江村」「清江一曲抱村流、長夏江村事事幽（清江一曲村を抱いて流れ、長夏江村事事幽なり）」を想起させる。○坡頭＝土手のほとり。○遺穂＝落穂（おちぼ）。○寥落＝荒れはてすさまじいさま。○風烟＝風ともや。

1一筋の浅い川が村を抱くように清らかに流れていて、
2土手のあたりに夕日を背にして家路につく牛の影が見える。
3稲刈りの済んだ田圃では老農婦が子供を連れて落穂を拾っており、
4霜の降（お）りはじめた秋の夕暮れ、薄靄（もや）が風にたゆとうさまはまことにうらぶれてものさみしい。

181

偶成

偶成（ぐうせい）

1 暮天歸犢認廬中
2 田婦吹爐叱小童
3 堪恤農家情轉急
4 不禁縣吏責租工

暮天（ぼてん）の帰犢（きとく）を廬中（ろちゅう）に認（みと）め、
田婦（でんぷ）炉（ろ）を吹（ふ）き小童（しょうどう）を叱（しか）る。
恤（あわ）れむに堪（た）えたり農家（のうか）　情転急（じょうてんきゅう）なり、
県吏（けんり）の租工（そこう）を責（せ）むるを禁（とど）めざれば。

《詩形・押韻・平仄式》

○七言絶句
○中、童、工が上平一東の韻。
○初句〔平―平型〕　1・4句それぞれ1・3字を逆に作って一句内救拯。2句1字目、●を○に作り救拯せず。一瑕疵作品。

《語釈・通釈》

○廬＝いおり。粗末な小屋。○爐＝いろり。○叱＝しかる、ののしる。○恤＝あわれむ、いつくしむ。○急＝きびしい情況。○禁＝さしとめる、おさえる。○租工＝税金や土木工事など租税と工役。

1夕暮れに畑仕事を終え帰ってきた牛の姿を牛小屋の中にみかけると、

2農婦はいろりの火をおこし子供を叱りつけながら夕食の仕度をする。

3本当にかわいそうなことだ。農家の生活事情はこのごろますますきびしくなるばかり、

4県の役人が租税のとりたてや労役の督促にくるのを防ぎようもないのだ。

・明治八年ごろの作か。

182 田家遇雨

田家にて雨に遇う

1 孤村夕秫動羈情
2 回顧爐邊寒意生
3 黯淡愁雲掠山去
4 雨聲聲裏馬嘶聲

孤村の夕秫羈情を動かし、
炉辺を回顧すれば寒意生ず。
暗淡たる愁雲山を掠めて去り、
雨声声裏に馬の嘶く声。

《詩形・押韻・平仄式》

○七言絶句
○情、生、聲が下平八庚の韻。
○初句〔平―平型〕 2句5字目、●を○に作り救拯せず。3句は特殊句型。4句1・3字を逆に作って同一句内救拯。

《語釈・通釈》

○夕秣＝夕方馬に与えるまぐさ。○羇情＝旅情。○黯淡＝暗然（暗いさま）。

1ひなびた村の農家の馬屋で夕方馬にまぐさを与えていると、そこはかとなく旅情がかきたてられ、

2火の気のないいろりばたをふり向くとき、寒々とした気分が襲ってくる。

3どんよりと重くるしい雲が山をかすめて飛び去り、

4やがてザァザァと降り出した雨音にまじって馬のいななく声が愁えを帯びて響きわたった。

・2句は貧農のくらしぶりを察しての表現か。前詩と同じく1・2句の句意の脈絡が判然としない。

183 冬日早行

冬日の早行（冬の日の早立ち）

家鶏頻叫催羇旅
出戸寒肌覺粟生
欲雪曉天還欲雨
停笻街上幾回驚

家鶏頻りに叫んで羇旅を催し、
戸を出ずれば寒肌に粟の生ずるを覚ゆ。
雪ふらんと欲する暁天還雨ふらんと欲し、
笻を街上に停めて幾回か驚く。

《詩形・押韻・平仄式》

○七言絶句

○生、驚が下平八庚の韻。

○初句〔平―仄型〕　1句3字目、●を○に作り救拯せず。3・4句3字目を互いに逆にして二句にわたる救拯。一瑕疵作品。

《語釈・通釈》

○催＝せきたてる。○羈旅＝旅行。○還＝また。○筇＝竹の杖。○街＝道路。○驚＝おどろきおそれる。

1しきりに鳴くにわとりの声にせきたてられるように旅立つことになったが、

2門を出ると寒気が肌を刺し鳥肌が立った。

3今にも雪が降りそうな明け方の空は又雨にもなりそうで、

4路上で何度も杖をとめ、不安定な空模様に心をいらだたされたことであった。

184　山居雪後

1 残雪前峯入畫圖
2 日光斜映滿墻隅
3 山居寂寞微風度
4 千樹琪花飛欲無

山居の雪の後

残雪の前峯画図に入り、
日光斜めに映じて墻隅に満つ。
山居寂寞として微風度り、
千樹の琪花を飛ばして無にせんと欲す。

《詩形・押韻・平仄式》

○七言絶句
○圖、隅、無が上平七虞の韻。
○初句〔仄—平型〕　1句1字目、●を○に作り救拯せず。2句1・3字で一句内救拯。4句1・5字目、●を○に作る。ために6字目孤仄となる。

《語釈・通釈》

○琪花＝玉のような花。雪のたとえ。

1残雪を戴く前方の山々はまさに一枚の絵の構図にはまっており、
2斜めに差し込む日光が垣根の隅々まで照らしている。
3山中の住まいはひっそりとして時おりそよ風が吹きわたり、
4回りの木々に降り積った玉の花を残らず吹き飛ばしてしまいそうである。

185 除夜

富嶽図に題す

1 客裡光陰過半生
2 鏡邊絲鬢壯心驚
3 此身自笑疏生計
4 酒債堆中坐五更

客裡の光陰半生を過ぎ、
鏡辺の絲鬢に壮心驚く。
此の身自から生計に疎きを笑い、
酒債の堆中に坐して五更。

《詩形・押韻・平仄式》

○七言絶句

○生、驚、更が下平八庚の韻。

○初句〔仄―平型〕　２句１・３字をそれぞれ逆にして一句内救拯。３句１字目、○を●に作り救拯せず。一瑕疵作品。

《語釈・通釈》

○客裡＝旅先にあること。○鏡邊＝鏡裏。鏡の中。○絲鬢＝鬢は江戸時代の男子の髪の結い方。ここは、びんずら（耳際の髪の毛）が薄くなること。○酒債＝酒代の借り。○堆＝うず高くつもること。○五更＝午前四時前後。

１異郷に旅寝を重ねるうち時は移ってはや人生の半ばを過ごしてしまい、

２鏡の中のめっきり薄くなった鬢の毛を見て、血気盛んなつもりのわが心もハッと驚いている。

３自分は生来生計にはからきし疎かったのだと苦笑いしつつ、

４うず高く積った酒代の借用書の中で、夜明け方まで憮然と坐って大晦日を過ごした。

186 題富嶽圖

富嶽図に題す

1 八朶芙蓉白露天
2 遠眸千里拂雲烟
3 百蠻呼國稱君子
4 爲有高標不二巓

八朶の芙蓉白露の天、
千里を遠眸して雲烟を払う。
百蛮　国を呼んで君子と称するは、
高標不二の巓と有るが為なり。

《詩形・押韻・平仄式》

○七言絶句
○天、烟、巓が下平一先の韻。
○初句〔仄—平型〕　2・3句それぞれ1・3字を逆にして一句内救拯。平仄上は完璧な作品。

《語釈・通釈》

○八朶＝八枚に分かれた花弁。○芙蓉＝はすの花。○白露＝九月八、九日ごろ。○遠眸＝遠望（遠くを見わたす）。遠盼（遠くを眺める）。○百蠻＝諸外国。○國＝わが国、日本。○君子＝学徳秀れた高潔な人。○高標＝高い目じるし。○不二＝二つとない。又、音、不死に通ず。

１八朶の蓮の花のように中秋の空高くそびえ立ち、
２遙かに下界を見わたして雲や霞を払いのけている。
３諸外国がわが国を呼んで君子の国とたたえるのは、
４山頂の標識に二つとない山とあるためである。

187 讀關原軍記

関が原軍記を読む

1 東西一決戰關原
2 瞋髮衝冠烈士憤（魂）
3 成敗存亡君勿說
4 水藩先哲有公論

東西一決せんと関が原に戦い、
瞋髪冠を衝く烈士の魂。
成敗存亡を君説く勿れ、
水藩の先哲に公論有り。

《詩形・押韻・平仄式》

○七言絶句

○原、魂、論が上平一三元の韻。（「憤」は去声一三問の韻。恐らく誰かの誤写であろう。）

○初句〔平―平型〕　2・3句1字目、●を○に作り救拯せず。4句1・3字で一句内救拯。

《語釈・通釈》

○瞋髪＝怒髪。○衝冠＝怒って逆立った髪の毛が冠を突きあげる。○成敗＝成功と失敗。勝負。○水藩先哲＝水戸藩の先の副将軍・徳川光圀（みつくに）か。光圀は明暦三年（一六五七）に朱子学の名分論を基調とした『大日本史』の編修を始めた。のち、水戸学と呼ばれる学問思想を生み出し、尊王思想を盛んにするのに力があった。

1東軍、西軍が勝敗を決せんものと関ヶ原で対峙し、

2勇士たちは怒髪冠を衝く死にもの狂いの覚悟で戦った。

3どちらが勝ったか負けたか、どちらが生きたか亡びたか、君よ、そんなことは論じなくてもよい、

4水戸藩の先の賢者がこれについて公正な見解を記している。

・2句末「憤」は余りにも西郷さんらしからぬ幼稚な錯誤であり、偽作を疑う根拠にもなりうる。

188　孔雀

孔雀（くじゃく）

金尾花冠一綠衣
產來南越遠高飛
從爲天覽放樊籠
畫出銀屛羽亦揮

金尾花冠　一緑衣、
南越に産れ来り遠く高飛したり。
天覧の為に樊籠を放たれしより、
銀屏に画き出だされて羽も亦揮えり。

《詩形・押韻・平仄式》

○七言絶句

○衣、飛、揮が上平五微の韻。

○初句〔仄―平型〕　1句1字目、●を○に作り救拯せず。2句1・3字、3句3・5字を互いに逆にして一句内救拯。ために3句6字目、孤仄となる。

《語釈・通釈》

○南越＝ベトナム。○樊籠＝鳥かご。

1尻尾は金色、頭は花の冠、全身に緑の衣をまとい、

2ベトナムに生まれたこの孔雀は遠く高く飛んで日本にやってきた。

3天子の観覧に供するため鳥籠から放たれて以来、

4銀の屛風に画き出され生けるが如く羽を羽ばたかせている。

・1・2句の事実関係が不分明。西郷漢詩としてはやや異質な感を拭いきれない。

(189) 逸題

逸題（いつだい）

1 海水洋洋萬里流　　海水洋洋（かいすいようよう）として万里（ばんり）に流（なが）れ、

2 晩來無事爲吟魂（遊）　　晩来事無（ばんらいことな）く吟遊（ぎんゆう）を為（な）す。

3 琉球邦域連雲際　　琉球（りゅうきゅう）の邦域（ほういき）　雲際（うんさい）に連（つら）なり、

4 三十餘洲一樣秋　　三十余洲一様（さんじゅうよしゅういちよう）の秋（あき）。

《詩形・押韻・平仄式》

○七言絶句
○流、遊、秋が下平一一尤の韻（魂は上平一三元の韻）。尤韻字にはこの外「優、愁、憂、楼、休、牛、鉤、稠」などがある。
○初句〔仄―平型〕　２句１・３字目を逆にして救拯。３句３字目、４句１字目、●を○に作り救拯せず。

《語釈・通釈》

○洋洋＝広々として大きいさま。○晩來＝夜になって。來は助字。○無事＝格別することがない。○洲＝小島、大陸。因みに南洲は南の小島の意。○一樣＝同じ。
　１海原は広く潮は万里のかなたへ流れていく、
　２夜になってもこれといってなすこともなく詩作に耽っている。
　３琉球の国土は雲の果てまで連なっており、
　４三十ほどの島々が同じように秋を迎えていよう。
・文久二年（一八六二）八月、沖永良部島へ移された直後か、文久三年秋の作ということになる。当時、果たしてこれほどの余裕を持って遠く琉球全体を眺められただろうか。西郷作としては疑問が残る。

・2句末の錯誤は187と同じく西郷作を疑わしめるに十分なもう一つの根拠となる。

(190) 遊赤壁

赤壁に遊ぶ

赤壁誰争山水清
難比千古著功名
早帆衝雨潮聲急
暗霧圍峰震霹轟
浪碎周郎疑激戰
雲晴蘇子寄風情
豈圖此夕逢春暖
直棹孤舟乘月行

赤壁にて誰か争わん山水の清きを、
比べ難し　千古に功名を著すこと。
早帆は雨を衝き潮声急に、
暗霧は峰を囲んで震霹轟く。
浪砕けては周郎激戦を疑い、
雲晴れては蘇子風情を寄す。
豈に図らんや此の夕春暖に逢い、
直ちに孤舟に棹さして月に乗じて行かんとは。

《詩形・押韻・平仄式・対句の検証》

○七言律詩

○清、名、轟、情、行が下平八庚の韻。

○初句〔仄―平型〕　1句5字目、2句3字目、●を○に作り救拯せず。3句1・3字を逆にして一句内救拯。7句1字目、○を●に作り救拯せず。全詩は○29対●27

○〔3・4句〕　早帆・衝・雨↑↓暗霧・圍・峰。潮聲・急↑↓震霹・轟。〔5・6句〕浪・碎↑↓雲・晴。周郎・疑・激戰↑↓蘇子・寄・風情。

《語釈・通釈》

○赤壁＝湖北省嘉魚県の東北、長江の南岸。三国時代、呉の周瑜が魏の曹操の大軍を撃破したところ。本詩は錦江湾周辺の景観をベースにした擬詩と思われる（底本）。○周郎＝周瑜。三国（一七五～二一〇）、呉の舒の人。字（あざな）は公瑾（こうきん）。呉王孫権に従って二十四才で将軍となり周郎と呼ばれた。○蘇子＝宋の蘇軾。蘇軾は前後二回にわたって赤壁（湖北省黄岡県の赤壁）に舟遊して、「前赤壁賦」「後赤壁賦」を作った（『古文真宝』）。○風情＝自然や詩文のおもむき。上記二賦の内容を指す。

1赤壁の岸壁の峻厳さや水の清らかさの景観を誰が競おうとするであろうか、

2大昔から功名を著す地として赤壁に比べられるところはあるまい。
3船足の早い帆掛舟が雨を衝いて出航すると潮流も高鳴り、
4黒い霧が峰々を取り囲んで雷鳴がとどろく。
5波浪が砕け散ると周瑜は激戦になることを予想し、
6雲が晴れた日には蘇軾が風雅の心を寄せるのだ。
7思いもしなかったのだが、今宵、暖い春風に吹かれ、
8そのまま小船に棹さして月の出ている間に遊びに出かけられようとは。
・本詩は3・4・7・8句を除き語法上・語義上ともに難解。平仄式と対句の作り方は確かであるが、西郷作品としては詩想上もかなり特異な作品と言わねばならない。

191　祝某氏之長壽

1 窮通自忘却
2 百事滌塵迷
3 走筆龍蛇躍
4 延齡龜鶴齊
5 芳筵傾玉盞
6 鄰里引枯藜
7 請看靑雲外
8 神僊壽域躋

某氏の長寿を祝う

窮通は自ら忘却し、
百事塵迷を滌う。
筆を走らせれば龍蛇躍り、
齡を延ぶること亀鶴に斉し。
芳筵に玉盞を傾けんと、
鄰里枯藜を引く。
請う看よ　青雲の外、
神仙の寿域に躋るを。

《詩形・押韻・平仄式・対句の検証》

○五言律詩

○迷、齊、藜、躋が上平八斉の韻、

○初句〔平―仄型〕　1句3字目、○を●に作り救拯せず。4句3字目、6句1字目、●を○に作り救拯せず。

○〔3・4句〕　走・筆↑↓延・齢。龍蛇・躍↑↓龜鶴・齊。〔5・6句〕芳筵・傾・玉盞↑↓鄰里・引・枯藜。

《語釈・通釈》

○窮通＝貧困と立身出世。○塵迷＝塵累（世俗のわずらわしさ）。○芳筵＝玉のむしろ。祝いの宴席。○玉盞＝玉盃。○鄰里＝近所の村人。○枯藜＝枯れた藜（あかざ）の杖。軽くて老人用。中風（ちゅうぶう）よけの効もあったという。○躋（セイ）＝のぼりすすむ。

1この人は人間の貧窮とか栄達とかをすっかり忘れさり、

2万事につけ俗世の迷いごとを洗い流している。

3筆を走らせると恰も龍蛇が躍るように達筆で、

4長生きして亀や鶴と年令を同じくしている。

5祝宴の席で一献（いっこん）差しあげたいと、

6近隣の老人達が枯れ藜の杖をついて集まってきた。

7どうぞごらん下さい。この方があの青空の彼方、
8神仙と同じ長寿の境域にのぼって行かれるのを。

192 茅屋

茅屋

1 茅屋風微暖意生
2 農夫擔耜試春耕
3 麥苗蒼色侵霜秀
4 磵水滯流觸石清
5 日日遊田忘熱官
6 晨昏盥浴養幽情
7 誰知暗結瀛洲夢
8 夢覺早梅香玉英

茅屋の風は微に暖意生じ、
農夫耜を担いて春耕を試みる。
麥苗は蒼色に霜を侵して秀で、
澗水は滞流し石に触れつつ清し。
日々の遊田に熱官を忘れ、
晨昏の盥浴に幽情を養う。
誰か知らん暗に結ぶ瀛洲の夢、
夢覚むれば早梅の玉英香れり。

《詩形・押韻・平仄式・対句の検証》

○七言律詩
○生、耕、清、情、英が下平八庚の韻。
○初句〔仄―平型〕　3句1・3字、8句3・5字を逆に作り一句内救拯。但し、6字目が孤仄となった。1句1字目●を○に、4句3字目○を●に作り救拯せず。
○〔3・4句〕　麥苗・蒼色↑↓磵水・滞流。侵・霜・秀↑↓觸・石・清。　〔5・6句〕日日・遊田↑↓晨昏・盥浴。忘・熱宦↑↓養・幽情。

《語釈・通釈》

○茅屋＝かや葺きのあばらや。○耜＝鋤。○侵霜＝寒気をしのぐ。○秀＝成長する。○磵水＝澗水。谷川の水。○滞流＝流れがとどこおる。○遊田＝遊猟。気ままな狩り。○熱宦＝高位高官。西郷はかつて、正三位・陸軍大将の要職にあった。○晨昏＝朝夕。○盥浴＝湯浴み。盥はたらい。○幽情＝奥ふかく静かな超俗の心境。○暗＝ひそかに。○瀛洲＝神仙の住む山。桃源境。○玉英＝美しい花。○香玉英＝押韻と平仄のため玉英香を転倒。

1あばら家に吹く風はほのかに暖かみを帯びはじめ、

2農夫は鋤を担いで、まだ春浅い野良仕事にとりかかる。
3麦の苗は青々と霜の冷気にもめげず伸びてきて、
4谷川の水はよどみながらも石に当たって清らかに流れていく。
5私は連日の気ままな狩猟でかつて忙殺された官職を忘れ、
6朝夕温泉に浸かり静かに脱俗の精神を養っている。
7誰も知るまい。夜毎ひそかに見る桃源境の夢のことなど、
8夢から覚めると早咲きの梅の花がかぐわしい香りを送ってよこすのだ。

193　中秋無月（二）

中秋に月無し（二）（草案）

1 茅簷點滴罥秋深
2 天鏡埋光阻賞心
3 風雨怎生能作祟
4 詩曹酒伴更沈沈

茅簷の点滴秋を罥えて深く、
天鏡光を埋めて賞心を阻む。
風雨よ怎生能く祟りを作すや、
詩曹も酒伴も更沈沈。

《詩形・押韻・平仄式》

○七言絶句

○深、心、沈が下平一二侵の韻。

○初句〔平―平型〕　3句1・3字を逆に作り一句内救拯。2句1字目のみ●を○に作った一瑕疵作品。

《語釈・通釈》

○茅簷＝茅葺き屋根の軒ば。○點滴＝雨のしずく。○罥＝あみ、からめとる。○天鏡＝天上のかがみ。月。○怎生＝怎麼生。なぜ。宋代以降の俗語。現代漢語の怎麼。○祟＝たたる。○詩曹＝詩のともがら。

○酒伴＝酒の仲間。○沈沈＝草木の繁っているさま。落ちついて黙っているさま。

1茅ぶき屋根の軒ばに雨のしずくがしたたって秋をからめとったかのような風情、

2名月は光を雲間に埋めて人の観賞を阻んでいる。

3風雨はどうしてこのようないじわるをするのだろうか、

4漢詩作りの友や酒飲み仲間もただ黙りこくっているばかり。

194 中秋無月（三）

1 誰道愁人月影衰
2 爲狂風興雨聲來
3 勝遊詩客知何事
4 湖上瓊樓遂不開

中秋に月無し（三）

誰か道う　愁人月影を衰えしむと、
為に狂風興り雨声来れり。
勝遊の詩客何事なるかを知るや、
湖上の瓊楼遂に開かず。

《詩形・押韻・平仄式》

○七言絶句
○衰、來、開が上平一〇灰の韻。
○初句〔仄―平型〕　1・4句1字目、●を○に作り救拯せず。2・3句1・3字を逆にして一句内救拯。

《語釈・通釈》

○誰道＝一体誰が言ったのか。○愁人＝心にうれい悲しみを持つ人。○勝遊＝心にかなった遊覧。○詩客＝詩人。詩家。○知何事＝何事かわからない。○瓊楼＝月中の宮殿。

1誰が言ったか、心配症の人は月の光を衰えさせてしまうと、

2そのせいで暴風が吹き雨まで降り始めた。

3心ゆくまで名月を楽しもうと集まった文人墨客は一体何事が起ったかわけがわからずにいるが、

4湖上の月の宮殿は結局玉門を開かずじまいであった。

・語義・語法上、解釈にやや難儀するものあり。

195　夏日間居

夏日閑居（かじつかんきょ）

1 南隣壟畝北隣陂
2 繙帙幽情對細颸
3 草榻午眠隨意處
4 風光不似熱宦時（官）

南（みなみ）は壟畝（ろうほ）に隣（となり）し北（きた）は陂（は）に隣（となり）す、
帙（ちつ）を繙（ひもと）き幽情細颸（ゆうじょうさいし）に対（たい）す。
草榻（そうとう）の午眠（ごみん）は意（い）に随（したが）う処（ところ）、
風光（ふうこう）も熱官（ねっかん）の時（とき）に似（に）ず。

《詩形・押韻・平仄式》

○七言絶句

○陂、颸、時が上平四支の韻。

○初句〔平―平型〕　2句1字目、●を○に、3句3字目、○を●に作り救拯せず。4句6字目、底本は「宦」にするが、書幅をよく見ると「官」の誤写（「二四不同二六対」の大原則にも合う）である。

《語釈・通釈》

○隴畝＝畑。○陂＝坡（土手、坂）。○緗帙＝緗書。帙は和とじ本の箱カバー。○細飈＝微風（そよ風）。○草榻＝籐の長椅子。○風光＝雰囲気。

1わが家の南隣りは畑、北隣りは土手である。

2書物をひもとき心静かにそよ風の中に身を任せている。

3籐の長椅子で昼寝するのも気の向くまま。

4夏の日ののんびりした雰囲気は昔多忙を極めた要職にあった時に比べると似ても似つかないものがある。

196 秋夜宿山寺

秋夜山寺に宿る

1 滿衣風露叩禪栖
2 一點青燈影慘悽
3 山鹿夜寒頻喚伴
4 聲々遙度數峰西

満衣の風露にて禅栖を叩き、
一点の青灯　影惨悽たり。
山鹿夜寒に頻りに伴を喚び、
声声遙かに度る数峰の西。

《詩形・押韻・平仄式》

○七言絶句
○栖、悽、西が上平八斉の韻。
○初句〔平—平型〕　１・３句それぞれ１・３字を互いに逆にして一句内救拯。４句３字目のみ基本平仄式に違背した一瑕疵作品。

《語釈・通釈》

○禪栖＝禅僧の栖(すみか)。禅寺。○影＝物を照らして明暗をつける光。○慘悽＝いたましく悲しい。○夜寒＝晩秋、夜になって感じられる寒さ。○伴＝伴侶、つれあい。○度＝渡る。

1ある秋の夕暮れ、全身風露にさらされた姿で禅寺の門を叩くと、

2ぽつねんと点(とも)った青白い灯明の光が身にしみてもの悲しい。

3山中の鹿がこの夜寒にしきりに連れ合いを呼び、

4鳴き声が遙か西の山々へと響き渡っていくことだ。

197　温泉寓居雜吟（二）

1 避暑何邉好
2 飛泉靜處看
3 草間蟲早語
4 樹下夏猶寒
5 疑是入仙境
6 清涼忘埶官
7 悠然斟濁酒
8 天霽對青巒

温泉の寓居にての雑吟（二）（（二）は著者の付記）

避暑には何れの辺りか好き、
飛泉を静けき処より看ん。
草間に虫早くも語り、
樹下は夏なれども猶寒し。
疑うらくは是れ仙境に入るかと、
清涼は熱官を忘れしむ。
悠然として濁酒を斟み、
天霽るれば青巒に対せん。

《詩形・押韻・平仄式・対句の検証》

○五言律詩

○看、寒、官、巒が上平一四寒の韻。

○初句〔仄─仄型〕　3・8句1字目、逆に作り救拯せず。5句1・3字を逆にして一句内救拯。

○〔3・4句〕　草間↑↓樹下。蟲・早・語↑↓夏・猶・寒。〔5・6句〕疑・是↑↓清涼。入・仙境↑↓忘・勢官。

《語釈・通釈》

○飛泉＝滝。○青巒＝青々とした山々。○霽(せい)＝晴れる。○對＝向かい合う。

1避暑地としてはどのあたりが好(よ)いであろうか、

2滝を静かな処から眺められるところであろう。

3草むらでは虫が早くも鳴きはじめ、

4木陰は夏でも寒さを感じるくらいのところ。

5どうやら仙人境にやって来たのではないかと思うほどの、

6清々しい涼感が高位高官の多忙を忘れさせるところ。

7そんなところでゆったりとひとり濁り酒を酌んで、

8晴れわたった日には青い山々に向かい合って過したいものだ。

〈参考Ⅰ〉西郷隆盛絶筆漢詩

〔絶筆習作稿詩〕

1 肥水豊山計百非
2 墓田帰去断塵羈
3 半生功罪両般事
4 地底何顔対照師

肥水豊山　計りごと百も非なり、
墓田に帰り去き塵羈を断たん。
半生の功罪は両般の事、
地底にて何の顔ありてか照師に対せん。

《詩形・押韻・平仄式》

○七言絶句

○非（上平五微）、羈、師（上平四支）の通押。

○初句〔仄—平型〕　1句1字目、●を○に作り救拯せず。2・3句1・3字を逆にして救拯。3句5字目、○を●に作ったため、6字目が「孤平」となった。全詩は○14対●14に戻る。

《語釈・通釈》

○肥水豊山＝肥後（熊本県）の水（川）、豊後（大分県）の山々。肥後や豊後の山河を互文形式にして表現。西南戦争ではこれらに加え日向（宮崎県）や薩摩が主戦場になったわけだが、「日向」や「薩摩」はここでの詩語になりにくい。○計百非＝戦略戦術がことごとく間違っていた。百は百も承知の百。○墓田＝先祖累代の墳墓の地。○帰去＝帰って行く。平仄の関係で「帰去墓田」を転倒。○塵羈＝塵によごれた（俗世間の）馬のおもがい＝旅。○半生＝ハンセイ。一生の半分、半世とも。○功罪＝勲功（てがら）と罪過（つみ）。○両般＝二つの種類。○地底＝冥土。○照師＝島津斉彬先生。

1肥後の国のいくつもの川を渡り、豊後の国の山々を越え、各地で激戦を展開してきたが、時に利あらず作戦はことごとく失敗に終り、

2今は薩摩の墳墓の地に戻り、俗世での旅を終えよう（死んでしまおう）と思う。

3この半生に辿ってきた道は、いわば功罪相半ばするものだったと言えようか、

4だが、いざあの世に罷り越した時、私は一体どういう顔をして大恩ある先師・斉彬様にお会いしたらよいのであろうか。

198

〔改訂完成稿詩〕

1 肥水豊山路已窮
2 墓田帰去覇図空
3 半生功罪両般跡
4 地底何顔対照公

肥水豊山　路已に窮まれり、
墓田に帰り去かん　覇図も空し。
半生の功罪は両般の跡、
地底にて何の顔ありてか照公に対せん。

《詩形・押韻・平仄式》

○七言絶句
○窮、空、公が上平一東の韻。
○平仄式は習作稿詩と同じ。

《語釈・通釈》

○覇図空＝明治再維新の覇図（武力による戦略）が烏有に帰したこと。王道によれなかった反省と悔恨の情が感ぜられる。○両般跡＝習作稿詩の一般的なもの「事」に比べ、「跡」には積み重ねられた事跡というふくらみがみて取れる。○照公＝習作稿詩の「師」より尊敬と恩愛の意を込めた「公」の方が格段に秀れる。恐らく完成稿詩は習作稿詩の「師」を「公」に改めるところから改稿作業を進めたに違いない。

1肥後の国、豊後の国の川を渡り山を越え激戦を展開して来たが、戦いに利あらず遂に進退窮まってしまったようだ、

2さあ帰ろう、先祖も眠る墳墓の地へ。覇者のはかりごとも万事休した。

3わが半生の行跡を顧みれば功罪相半ばすと言えようか、

4だが、黄泉の国ではいったいどの顔さげて大恩人・斉彬公にお会いすればよいのだろう。

◎山崎泰輔氏の「西遊日記」に記されていた本詩は、外因条件（作詩前後の史的・諸般の事情）と内因条件（詩の完成度・詩想の高邁さ・西郷さんならではの人生回顧の弁など）が一致し、西郷さんの絶筆漢詩とみて間違いない。本詩の出現により西郷漢詩の「棺が蓋われ事定まった」感がある。「日記」には山崎氏自身が漢詩作者であったことを証する漢詩が記されている（割愛）。氏が敵味方の区別なく傷病兵を手当したので、兵たちは氏を見かけると伏し拝んだこと、又、軍糧を至急送るよう再三本部に

通知したことなどが簡潔に記されており、一部戦況を推測できる資料ともなっている。

〈参考Ⅱ〉黄興の漢詩

南洲墓地にある石碑「黄興簡介」中の漢詩

1 八千子弟甘同塚
2 世事維争一局棋
3 悔鋳当年九州錯
4 勤王師不撲王師

八千の子弟甘んじて塚を同じくす、
世事は維れ一局の棋を争うなり。
悔ゆらくは当年の九州の錯ちを鋳ることを、
勤王の師は王師を撲つべからざりき。

《詩形・押韻・平仄式》

○七言絶句
○棋、師が上平四支の韻。

○初句〔平―仄型〕　1句1字目、○を●に作り救拯せず。3句は特殊型〔二六不同〕。4句3字目、●を○に作り救拯せず。平仄は○14対●14に戻っている。

《語釈・通釈》

○八千子弟＝黄興の念頭には、項羽〔籍〕が四面楚歌の窮地に陥ったあと、渡し守の勧めを拒否し揚子江を渡らず果ててしまった時の言、「籍は江東の子弟八千人と江を渡って西するも、今一人の還るものなし（『史記・項羽本紀』）」があったに違いない。○世事＝世間一般の事がら。○維＝惟（これ）、唯（ただ）。発語の助字。明治維新。○棋（キ）＝碁（ゴ）。○悔＝くいる、くやむ。○鋳錯＝まちがいの甚だしいこと。唐末、黄巣の将の朱全忠（後梁の太祖）と密約を結んだ唐の節度使・羅紹威は配下の将兵数千人をだまし討ちにして殺してしまう。のちそれが大変な間違い（錯）であったことに気付き、鉄製の道具銼（音通で錯）刀を鋳てしまったことになぞらえ、後悔した故事に基づく語。○勤王師＝幕末時代、幕府を助ける佐幕派に対し、京都朝廷のために力を尽くし、忠節を励んだ軍隊。ここは薩摩軍のこと。○王師＝天皇の軍隊。ここは新政府軍をさす。

1八千もの子弟兵士が今は安らかに西郷さんと同じ墓に眠っているが、
2世の出来事というものはまさに一局の碁を打つようなものだ。
3西南の役は当時九州で行われた大間違いの戦であったと言えよう、

4薩摩軍は天皇の軍隊を打つべきではなかったのだ。
◎孫文とともに辛亥革命（一九一一）を指導した黄興は、西南戦争をきびしく批判している。

199 湊川所感

（湊川所感）二〇一〇年夏、新発見の西郷漢詩
（元治元年七月初旬、楠公社を建てる目的で湊川に出向いた時の作）
（高柳毅館長のご教示による）

1 王家萋棘古猶今
2 遺恨千秋湊水潯
3 願化青蛍生墓畔
4 追随香骨快吾心

王家の萋棘　古も猶今のごとからん、
遺恨千秋　湊水の潯。
願わくは青蛍と化して墓畔に生れ、
香骨に追随して吾が心を快ましめん。

〈詩形・押韻・平仄式〉

○七言絶句

○今、潯(ジン)、心が下平一二侵の韻。

○初句〔平―平型〕　1・4句各3字目、●を○に作り救拯せず。

〈語釈・通釈〉

○王家＝南朝・後醍醐帝。○萋棘＝青青と茂ったいばら。外朝の左右に九株ずつ植えられ、九卿の位置を示した。○遺恨＝楠木正成は足利幕府軍との湊川の戦いで武運つたなく自死した（一三三六年）。○香骨＝敬愛の念を持って遺骨を称したもの、

1昔、後醍醐帝の外朝に功臣の地位の標示として植えられていたと思われる青青と茂るいばらの木々が、今、同じように眼前に青々と茂っているのだが、

2討幕の偉業を果たせぬまま武運つたなく自決に追いこまれた楠公の恨みが千年もの長きにわたってここ湊川のほとりに残っている。

3・4　願わくば一匹の蛍となって墓側に生まれ変わり、遺影を慕い遺勲を偲びつつ心ゆくまで飛び回りたいものだ。

200　奉呈　奥宮先生

奥宮先生に奉呈す

1 轉隱為陽運動中

2 偏頗無固氣豪雄

3 君休笑有天心在

4 楓葉夷顔不厭

西郷百拜

隠を転じて陽と為せ運動の中に、

偏頗固より無く気は豪雄。

君笑うこと休かれ　天心の在る有れば、

楓葉夷顔　紅きを厭わず。

《語形・押韻・平仄式》

○七言絶句

○中・雄・紅が上平一東の韻。

○初句〔仄—平型〕。2句3字目、4句1字目、●を○に作り救拯せず。

《語釈・通釈》

○奥宮先生＝土佐藩士で儒学者の奥宮慥斎。西郷は大政奉還前の一八六七年二月、薩摩藩の指示を受けて土佐の前藩主山内容堂を訪れた際に慥斎と知り合い、滞在中に漢詩のやりとりをした。○隠＝仄起こり句にするため「陰」を変えた。○運動＝維新前後の各種活動を言うか。○偏頗＝かたよって不公平なこと。○固＝もとより。言うまでもなく。○豪雄＝英雄、豪傑。○天心＝天帝の心。天皇或いは山内容堂を指すか。具体的事象は不明。○夷顔＝ふだんの色。

奥宮先生にささげたてまつる

1劣勢を転じて優勢となせ諸活動の中で、

2もとより片寄って不公平なことなどなく英雄豪傑肌の人である。

3君よ、笑ってはいけない。きっと見るものは見ている、

4かえでの葉は普段おだやかな色だが、時により紅くもみじすることを厭うものではない。

西郷叩頭百拝す

◎本詩は神奈川県在住の慥斎の子孫・奥宮正太郎さん（74）が二〇一六年、高知市民図書館に寄贈した書幅によるもの。

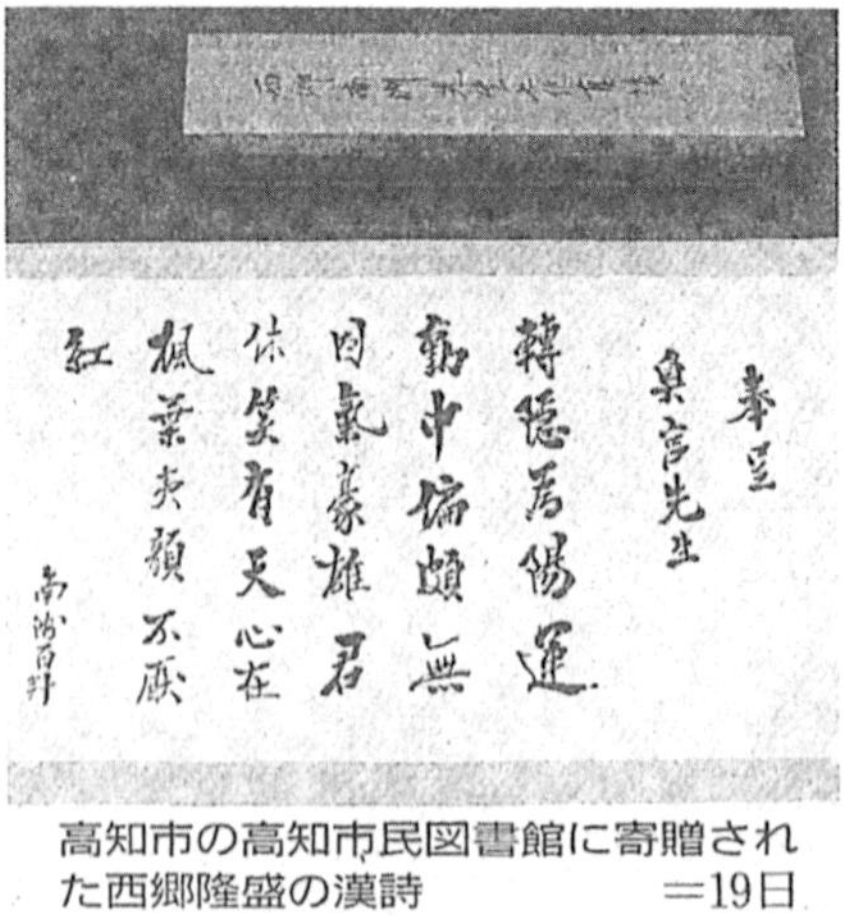

高知市の高知市民図書館に寄贈された西郷隆盛の漢詩　＝19日

201　池邊吉十郎宛礼状中の漢詩

1　三太郎南返故郷
2　薩山深處為花［峡］
3　熊城春色容相憶
4　雖去猶存侠骨香

三太郎南のかた故郷に返れば、
薩山の深き処　花峡と為る。
熊城の春色容に相憶うべし、
去ると雖も猶お存す侠骨の香り。

《詩形・押韻・平仄式》

○七言絶句
○郷・香が下平七陽の韻。「峡」は入声洽韻。陽韻で押韻していると思ったのは西郷の錯覚である。
○初句〔仄―平型〕。１・４句１字目、３句３字目、いずれも●を○に作り救拯せず。２句１・３字目、基本型と逆に作り一句内救拯。２句末は陽韻の字で作るべきだが適当な字がなく、酔っていたせいもあってごまかしたものと見える。西郷漢詩としては珍しい「拗体」作品である。

１三太郎（私め）は南をめざして故郷へ返ったが、

2薩摩の山々の奥深いところは桜の花が咲き匂う山あいとなっていた。
3熊本の町の春景色はきっといつまでも忘れないだろう、
4立ち帰ったけれども硬骨漢のあなたの温情は今も私の胸のうちに馥郁（ふくいく）と香っている。
◎池邊吉十郎（一八三八〜一八七七）熊本藩士。明治六年の西南の役では熊本隊隊長として士族七〇〇人を率いて薩摩軍に呼応し参戦、戦死した。池邊は明治四年ごろ薩摩に遊学しており、西郷とはそのころから盟友関係にあったと思われる。尚、本詩は、昨秋、宮崎日日新聞社から鹿児島県立図書館長原口泉氏へ問い合わせのあった「西郷の御礼書状」の中の漢詩で、筆者が西郷作と判定したものである。

〈参考Ⅲ〉出水市麓町の旧二階堂邸で発見された西郷の書幅

1 駑馬雖遅積事多
2 高山大澤亦堪過
3 請看一掬千丸水
4 流為洋洋萬里波

駑馬遅しと雖も事を積むこと多ければ、
高山大沢も亦過るに堪う。
請う看よ　一掬の千丸の水、
流れて洋洋万里の波と為るを。

《詩形・押韻・平仄式》

○七言絶句
○多・過・波が下平五歌の韻。
○初句〔仄―平型〕3・4句1字目を基本型と逆に作り二句にわたる救拯。1句1字目のみ基本型に悖る一瑕疵作品。

《語釈・通釈》

○駑馬＝のろい馬、駄馬。○雖＝〜だけれども。確定条件を表す。○積事＝もの事（経験）を積み重ねる。○過＝この時古禾切、歌韻。すぎる、すごす、よぎる。○堪＝こらえる、忍ぶ。十分任に当たることができる。○一掬＝ひとすくい。○千丸＝多くの粒々の、多くの滴の。○洋洋＝広々として大きい。

1足ののろい駄馬は歩みは遅いけれども、経験を多く積めば、

2高い山や大きな沼沢でも通り過ぎてゆける。

3どうか見て欲しい。一すくいの多くの滴の水でも、

4集まって流れだすとやがて洋洋たる大海万里の波となることを。

◎参勤交代の藩主のお供をして麓屋敷に分宿した西郷がお礼に贈ったものらしい。4句は他人作とはいいながら一掬の水が集まり流れれば大海の波となるという詩意は西南の役の兵士の糾合をにおわせて面白い。現に出水郷からも数名の若者が薩摩軍に馳せ参じている。

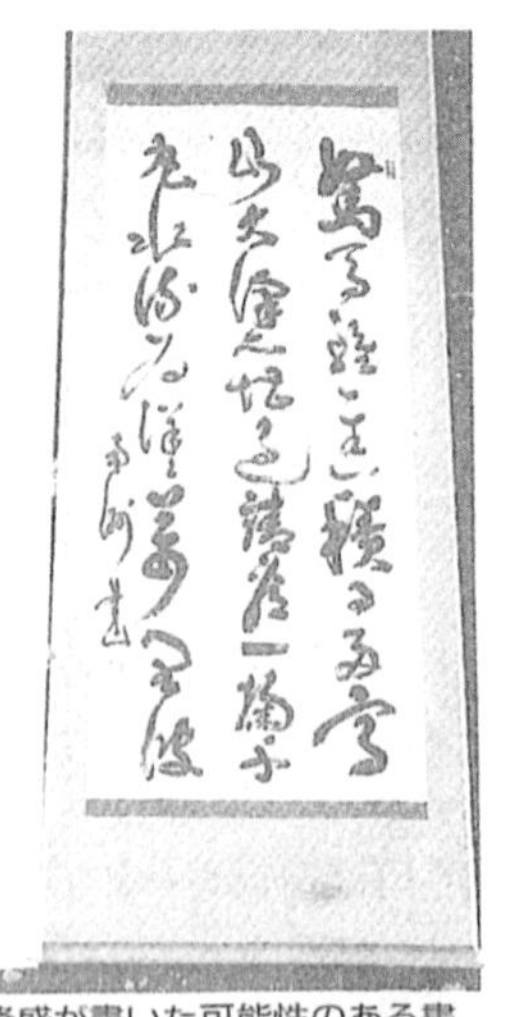

西郷隆盛が書いた可能性のある書
＝出水市麓町

《参考Ⅳ》

沖永良部和泊の波打際に造られた掘っ立て小屋に入牢した西郷は囲いの中の衝立に二首の漢詩を墨書し、朝夕これを吟唱したという。

前詩は山崎闇斎の門人三宅高斉の獄中詩、後詩は森山三十切腹時の吟。出典「沖永良部郷土史資料」所収『流謫之南洲翁』土持綱義（土持政照の子孫）編による。

1 富貴寿夭不弐心
2 只向面前養精神
3 四十余年学何事
4 笑座獄中鉄石心

富貴寿夭は弐心ならず、
只面前に向かいて精神を養う。
四十余年　何事を学びしや、
笑いて座す獄中　鉄石の心。

《詩形・押韻・平仄式》

○七言古詩

○心（下平十二侵）、神（下平十一真）の通押。「心」は重字となる。

○1・3・4句は二四不同二六対の最低条件は守られているが、2句は二四不同二六不同の拗体。1・2句、3・4句の反法、2・3句の粘法ともに守られていないので近体詩とは言えない。

《語釈・通釈》

○富貴＝金持ちと高位高官。○寿夭＝長命と短命。○弐心＝こちらにもあちらにも寄せる心。○鉄石＝鉄心石腸。鉄や石のようにかたく、外界の物によって動かされない精神。

1富貴や寿夭にあれこれ心を惑わされることなどなく、

2ただ眼前に正対して毅然たる精神を養うばかりである。

3この四十有余年、いったい何事を学んできたというのか、

4何物にも動かされない堅固な心を持ち笑いながら獄中に座っている。

1 慈母勿（莫）悲罹（係）厄身
2 古来如此幾忠臣
3 臨［死］自若如平日
4 不怨天（而）不咎人矣

慈母よ悲しむ勿れ厄に罹る身を、
古来此の如き幾忠臣あらんか。
死に臨んで自若たること平日の如く、
天を怨みず人を咎めず。

《詩形・押韻・平仄式》

○七言絶句。但し3句2字目、○を●に作った拗体作品。4句4字目に平声字を補い、句末の「矣」を取り去る必要あり。

○身・臣・人が上平十一真の韻。

○初句〔仄―平型〕1・2句1・3字を逆に作り救拯。1句5字目は「係」の方がよい。4句4字目は仮に「而」を入れてみた。6字目、原字は「尤」だが（『論語』憲問第十四篇）、平仄の関係で「咎」にしたものであろう。「如」が重字となっている。

《語釈・注釈》

○罹＝かかる、こうむる。○厄＝わざわい、災難。○自若＝泰然自若。

1最愛の母上よ、災厄を被っている私めをそう悲しまないで欲しい、

2昔からかかる窮地に陥れられた忠臣がどれくらいいたことか。

3刑死を前に私は普段の日のように泰然自若としておりますよ、

4決して天を怨んだり人様を咎めだてするようなことはありません。

◎狭く汚い最悪の入牢環境にありながら、泰然自若として運命に立ち向かう西郷の気概が如実に感じられる両漢詩である。だが、いかんせん、漢詩自体としては70点どまりの出来であろうか。これらを引用した西郷自身の漢詩レベルもせいぜいBクラスだったといえる。しかし、その後の流謫生活の中で西郷が漢詩創作や書の練習にいかに打ち込み研鑽したかということが現在見る漢詩作品の見事な出来栄えで逆証できるのである。

あとがき

西郷さんが漢詩創作にあたって、どれほど「平仄」に腐心したか、全詩の読解作業を通して明らかになったと思う。漢字ならべ詩が横行し訓読法による恣意的解釈がはびこるわが国の漢詩文の世界であるが、「押韻」のありよう一つをとっても、中国語の「声調」の知識がなければ、決して真の理解には到達しえないことも明らかになった。「平仄」の検証を抜きにした漢詩鑑賞はいわば饅頭の「あんこ」を捨てて「皮」だけを食べるようなものである。

では、一体どういう作詩法に基づいて作られた漢詩が正統派漢詩と称するに足り、どういう基準・観点による漢詩評価が客観的科学的漢詩評価と言えるのか。

それは第一に、両者を通じていわゆる漢詩の真骨頂たる平仄の原理及びそこから導き出された諸規則に照合しつつ創作したり読解・鑑賞することである。

第二に、特に日本漢詩人の作品は古代漢語語法に則り適正に作られているか、六種の漢語基本文型（前記拙著を参照）に照らして点検しなければならない。

第三に、詩語が適切に使われているかどうかを漢字の語源にまで遡って適否を判断する必要がある。

第四に、対句に作られている個所がある場合、「対句の三条件」に照らして出来不出来を検証しなければならない。

第五に、以上を総合して詩人の「詩想」の世界へ肉迫し、詩人と感動を共にしつつ、後世の評価も加味して鑑賞し評価を下すべきであろう。

古来、わが国の漢文学界は訓読法に慣れ親しむあまり、中国の古代漢語作品を漢字の字面(じづら)上で表面的に理解したまま能事了(おわ)れりとしてきた。本書は西郷さんの漢詩を「平仄」を根底に置き、より丹念により正確に読解することにより、西郷像の新生面を開くと同時に、数ある西郷伝説の真実の記録にいささかなりとも寄与することがあればと念じつつ作業を進めた。この間、筆者の胸中には、常にわが国の訓読法による漢詩鑑賞の限界を危ぶみ、向後の漢詩文研究の改革改善を願う思いが去来していた。

尚、本書の作製に当たって、鹿児島国際大学生涯学習講座「西郷さんの漢詩を読む」の講座生、畦地典義、白山忠志、中島忠紀、藤田悠子、味園耕一さんのご協力・ご助言をいただいた。又、西郷南洲顕彰館の高柳毅館長には種々の御教示と便宜をはかっていただいたことを記し謝意に代えたい。

二〇一〇年夏、桜島降灰と苛雲下の寓居にて　松尾善弘

増補改定版　あとがき

日本・中国を問わず、漢詩の出来不出来の評価並びに鑑賞はすべからく平仄の検証を第一義とすべきである。訓読法の横行するわが漢詩学会の突破口として、西郷さあの漢詩の読解・鑑賞はこの主張の正しさを遺憾なく証明してくれたと思う。今後すべての漢詩解読は基本的に中国語の語音（平仄）・語法・語義を三位一体として進め、訓読法は補助手段として利用すべきことを改めて提言しておきたい。

二〇一八年初春、西郷（せご）どんブームの渦中にて　著者

著者略歴

松尾　善弘

１９４０年　台湾・台北市にて出生。
１９４６年　鹿児島県出水に引き揚げ、小・中・高時代を過ごす。
１９５９年　東京教育大学文学部漢文学科入学。
１９６３年　同大学院中国古典科修士課程入学。
１９６７年　同博士課程入学。
１９７１年　日中学院講師・法政大学・駒沢大学・早稲田大学の中国語非常勤講師。
１９７５年　鹿児島大学教育学部助教授。
１９８１年　同教授。
１９９７年　山口大学人文学部教授に転任。
２００３年　同学部を定年退官。

《著書》

『漢語入門（発音編）』１９８９・４　白帝社

『漢語入門（文法編）』１９９３・３　白帝社
『唐詩の解釈と鑑賞&平仄式と対句法』１９９３・４　近代文芸社
『批孔論の系譜』１９９４・２　白帝社
『尊孔論と批孔論』２００２・12　白帝社
『漢字・漢語・漢文論』２００２・12　白帝社
『唐詩読解法』２００２・12　白帝社
『唐詩鑑賞法』２００９・12　南日本新聞開発センター
『日中漢字・漢語・漢詩・漢文論』２０１２・２　斯文堂
『大久保利通（甲東）漢詩集』監修　２０１２・12　斯文堂
『川路利良漢詩集』監修　２０１６・11　斯文堂

電子書籍（22世紀アート）
『日中　漢字・漢語・漢詩・漢文　論』２０１５・12
『尊孔論と批孔論』２０１６・３
『唐詩読解法』２０１６・９

『漢語入門　中国語初級テキスト　発音編・文法編　（テキスト用音源ダウンロードコード付き）』２０１７・10

増補改訂版
西郷隆盛漢詩全集

2023年 3 月10日　初版第 1 刷発行
2023年12月31日　初版第 2 刷発行

著　者　**松尾善弘**
発行者　**向田翔一**

発行所　株式会社 22 世紀アート
〒103-0007
東京都中央区日本橋浜町 3-23-1-5F
電話　03-5941-9774
Email: info@22art.net　ホームページ : www.22art.net

発売元　株式会社日興企画
〒104-0032
東京都中央区八丁堀 4-11-10 第 2SS ビル 6F
電話　03-6262-8127
Email: support@nikko-kikaku.com
ホームページ : https://nikko-kikaku.com/

印刷
製本　株式会社 PUBFUN

ISBN : 978-4-88877-158-0